私の『源氏物語』椎本巻読解レポート

［前書き］

私は、日本の古典の最高傑作である『源氏物語』の一素人自習者である。大学生とサラリーマンの時代を理系で通し古文には馴染みが薄かったけれども、定年で勤めを離れた後、前に録音しておいたNHK放送（ラジオ第２・古典講読・源氏物語）に導かれて、『源氏物語』の原文を、第一帖・桐壺の巻から、高校の古典文法を復習・応用するという観点から、現代語訳することまでは行わないで、こつこつ読解してきた。後で振り返るときのために、読解と併行してノートしてきた。読解が進むにつれて、次第により詳しく読むようになり、原文に対するノート量が著しく増大してきた。従って、読解スピードが著しく遅くなってきた。そのため、私は、読解した直後の巻のノートの記載が読解した巻々での記載を含めた中でベストなものであることに気付いてきた。

読解し始めてから十年経過した時点で、ようやく、第四十六帖・椎本（しいがもと）の巻を終えた。このとき、私は、椎本の巻のノートに、私の十年間の読解経験の中でやはりベストなものが、それなりの成果として、それに相応しいボリュームで集約されている、と思った。そこで、私は、第四十七帖・総角（あげまき）の巻の読解を一旦中断して、椎本の巻のノートの記載を客観的なレポート形式に書き直そうと考えた。

　この編著書は、それを纏めたものである。種々の辞書や高校用古典文法書は言うまでもなく、前記の放送や後記の注釈書などを参考にして、これらの中の放送事項や記載事項を多く記載した。それとともに、私自身の見解・考察・表現なども所々に含めた。従って、これらの誤りが多々あると思う。また、不注意による誤記もあると思う。しかし、『源氏物語』に関心をお持ちの、高校生・教養課程の大学生の方や私と同様の素人自習者である一般社会人の方が、（一）椎本の巻の原文を、（イ）批判的・主体的に御自分のお考えと対比なさりながら、（ロ）目を原文からできるだけ逸らさず、できるだけ一覧性よくお読み進めになる一本にも、そして（二）椎本の巻に限らず、他の巻々の原文にもより馴れ親しまれるための一助にも、この編著書がなれば、私にとって、これ以上の喜びはない。

『源氏物語』椎本（しいがもと）

［系図］　なお、系図中、大活字は主要人物を表わす。

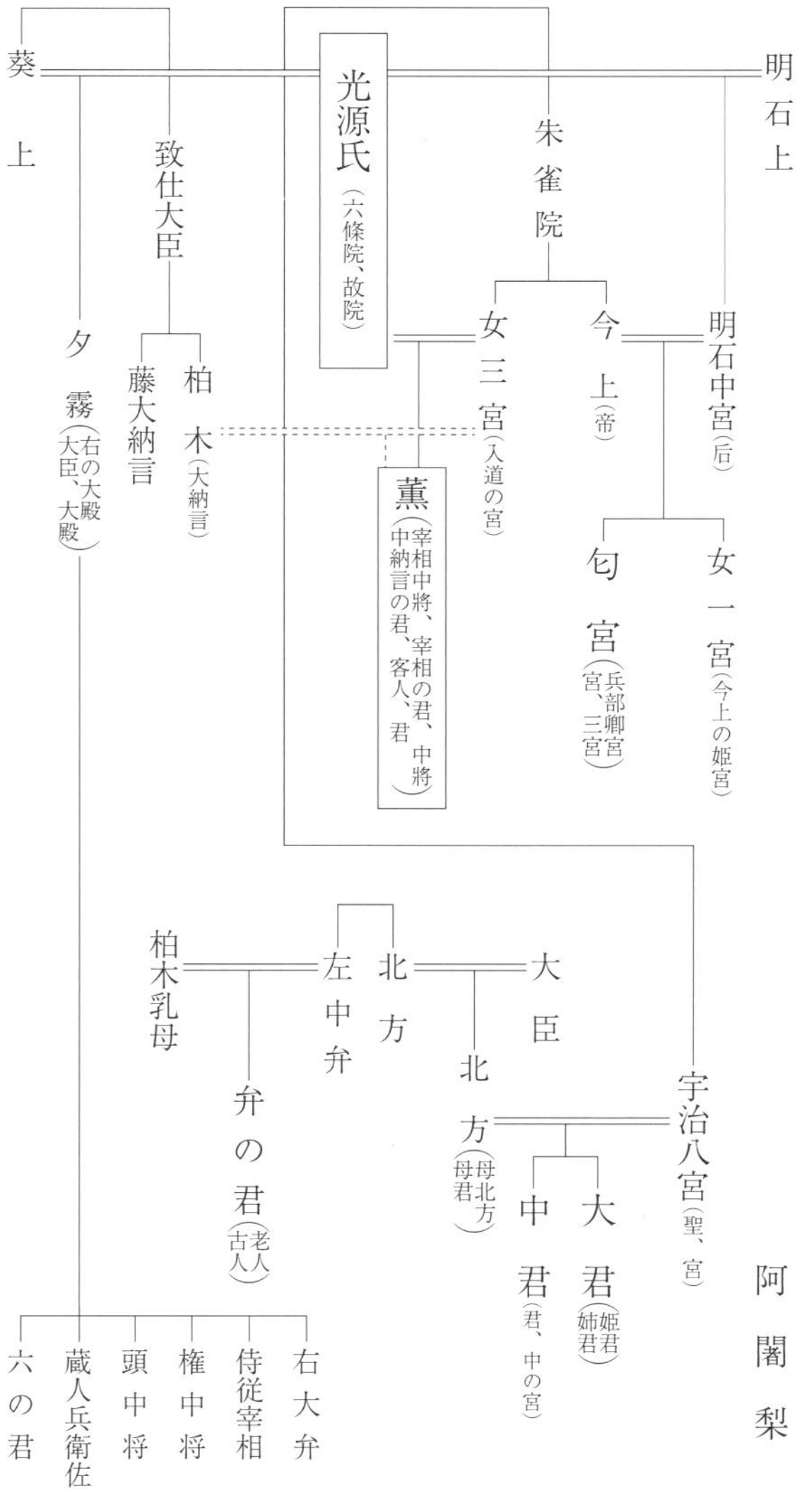

［凡例］

（一）この編著書は、（イ）［系図］、（ロ）段落（段落番号を［］内に記す）、（ハ）段落の要旨（段落番号の下に記す）、（ニ）［原文］、（ホ）［加筆原文］および（ヘ）［備考］から成る。

［系図］中の記載（これを、以下、単に、系図という）、段落（段落番号）、段落の要旨および［原文］中の原文（これを、以下、単に、原文という）は、日本古典全書・源氏物語五（朝日新聞社刊）から転記した。但し、系図は記号を削除したりなどし、段落の要旨は、歴史的仮名遣いを現代仮名遣いに直したりなどした。段落の要旨は、その段落を読み解く予備知識になる。

原文は、次の［加筆原文］中の記載（これを、以下、単に、加筆原文という）と比較するのに便利と思う。なお、漢字の読み表記を大括弧（［］）内に示した。

加筆原文は、原文を読んで理解していくのに必要と思われる事項を、原文に、青書きと赤書きで加筆挿入したものである。青書きは、補充する語句、語意、文法的事項、書き換えなどを示し、それらの記し方は、実際に見れば自明であろうと思うが、抽象的に記載すれば、後記（三）（イ）～（リ）の通りである。具体例については、初出の所の［備考］で説明するようにした。従って、後記（三）（イ）～（リ）の記載は、具体例に当たられた後に読まれた方が分かり易いかと思う。また、赤書きは、連用修飾部や連体修飾部を、概念の小さい方から大きい方に順じて、小括弧（()）、中括弧（{}）、大括弧（[]）で括って示す。この赤書きによって、（イ）連用修飾部や連体修飾部とこれらの被修飾語との関係や（ロ）述語と他の述語との関係などの文構造がより明らかになると思う。

［備考］には、加筆原文中に入ると長くなりすぎるなどの、加筆原文を補足する事項を記した。

（二）この編著書を成すのに、次の放送および学術図書を参考にした。すなわち、（イ）ＮＨＫラジオ第２・古典講読・源氏物語（鈴木一雄講師）、（ロ）日本古典文学全集・源氏物語（小学館刊）、（ハ）日本古典全書・源氏物語（朝日新聞社刊）、（ニ）日本古典文学大系・源氏物語（岩波書店刊）、（ホ）新潮日本古典集成・源氏物語（新潮社刊）および（ヘ）新日本古典文学大系・源氏物語（岩波書店刊）である。これらの放送および学術図書を、本文中で一括して表現する場合、注釈書という。

(三) 青書きの記し方

(イ) 修飾部を現代語で補充する場合、この補充全体を括弧で括らない。但し、この補充中の語の語意には小括弧または中括弧を付ける。

(ロ) 修飾部を当時の言葉で補充する場合、この補充全体に大括弧を付ける。

(ハ) 近くに使われている原文中の言葉をそのまま引用して修飾部を補充する場合、この補充全体に鉤括弧(「」)を付ける。

(ニ) 直上の語の語意を示す場合、語意全体に小括弧、または小括弧を含む中括弧を付ける。この小括弧または中括弧の中は、現代語、大括弧の付いた当時の言葉、またはその語の近くに使われている原文中の言葉(鉤括弧が付く)で示す。

(ホ) 直上の語の文法的事項を示す場合、辞書と同様に略記して、全体に大括弧を付ける。

(へ) 当時の言葉や近くに使われている原文中の言葉で直上部を書き換える場合、(a)書き換え全体を小括弧を用いて、(b)この小括弧に含まれる当時の言葉や近くに使われている原文中の言葉を前記(ロ)・(ハ)と同様に大括弧や鉤括弧を用いて、例えば([…])、(「…」)のように括る。この大括弧や鉤括弧の中で、

（a）語意または語の文法的事項は、小括弧、または小括弧を含む中括弧を付け、
（b）文を分割したために生じた句点（。）は、赤書きで示す。
（ト）会話の部分や心中語の部分を示す場合、これらの部分の全体を鉤括弧で括る。これに伴って、この鉤括弧内にあって実質的に文が切れる所に付いている読点（、）を句点（赤書き）に変える。
（チ）平仮名の漢字表記を大括弧で示す。
（リ）その他の場合も初出の所の［備考］で説明する。
（四）「兵部卿」のような官職名、「上達人」のような役人名、「壱越調」のような音楽名などの固有名詞の意味の記載で、他書からの長い転記になると思われるものは、原則として省いた。このような意味で、梗概の転記も省いた。

［一］匂宮の初瀬詣で。諸人、競ってこれに従う。

［原文］二月［きさらぎ］の二十日［はつか］の程に、兵部卿［ひゃうぶきゃう］の宮初瀬に詣で給ふ。古き御願［ぐゎん］なりけれど、思しも立たで年頃になりにけるを、宇治のわたりの御中宿［なかやどり］のゆかしさに、多くは催され給へるなるべし。う

らめしといふ人もありける里の名の、なべて睦［むつま］じう思さるるゆゑもはかなしや。上達部［かんだちめ］いとあまた仕うまつり給ふ。殿上人［てんじゃうびと］などはさらにも言はず、世に残る人少う仕うまつれり。

［加筆原文］二月の二十日の程に、兵部卿の宮（匂宮）は、初瀬（初瀬寺・長谷寺。今の奈良県にある）に詣で［自動下二］（仏を拝みに行く・お参りする）給ふ。古き（匂宮が昔お掛けになった）御願なりけれど、（1）願解きのお礼参りを、または（2）願を果たすための参詣を思しも立たで年頃になりにけるを（［なり（達する）にけり。（かかるを（接助・逆接）］））、（匂宮は）、（宇治のわたりの御中宿（中途で宿ること・途中の宿り）のゆか［床］しさ（好奇心が持たれる状態）に［格助・原因理由］（によって））、（初瀬詣でに）、（多くは）催さ［他動四］（促す・急き立てる）れ［助動・受身］給へるなる［助動・断定］べし。（うら［恨・怨］めし（他人の仕打ちが憎く思われる・恨めしい・怨めしい）といふ人がもありける宇治という里の名）の［［備考］参照］、匂宮が御自分にとって［憂し］や［恨めし・怨めし］でなく、なべて［副］（総じて・概ね・一概に）睦じう［形シク］（懐かしい・親しい・親密だ・慕わしい）思さるる［助動・自発］ゆゑはも、宇治の姫君達への関心が匂宮にあるからはかなし（深い理由もなさ

そうである・たわいない・薄弱だ・取り留めがない・しっかりしない）や［終助・詠嘆］。上達部は、いとあまた匂宮に仕うまつり［自動四］（お仕えする）給ふ。殿上人などは、さらにも言はず（改めて言うまでもない・勿論だ）、世（京）に残る人（「殿上人など」）が少う、匂宮に仕うまつれり。

［備考］「二月の二十日の程に、兵部卿の宮初瀬に詣で給ふ」「二月」直前の巻である橋姫の巻末尾の年の翌年の二月。「兵部卿の宮」匂宮。24歳。「（匂宮）」、「（初瀬寺・長谷寺。今の奈良県にある）」および「（仏を拝みに行く・お参りする）」は、凡例（三）（ニ）の一例である。また、「は、」は、凡例（三）（イ）の一例である。さらに、「［自動下二］」は、凡例（三）（ホ）の一例である（「自動下二」は下二段活用の自動詞の略記）。「古き御願なりけれど…多くは催され給へるなるべし」「古き御願なりけれど」「「御願」が「古し」」（連体修飾部（「古き」）と被修飾語（「御願」）との意味的関係（以後、単に、意味的関係と記す）は、述語―主語）。この意味的関係通りに書き換えると、「御願古かりけれど」。「御願」内容は不明。「思しも立たで」「（1）願解きのお礼参りを、または（2）願を果たすための参詣を」は、凡例（三）（イ）の一例である。「なりけるを（［なり（達する）にけり。かかるを（接助・逆接）］）」凡例（三）（へ）の一例である（「接助・

逆接」は、逆接の接続助詞の略記）。加筆原文中の第3文において、5個の赤書きの小括弧は、これらの小括弧で括られた部分が何れも「催され」に係る連用修飾部であることを示す。「中宿」当時、初瀬詣でで宇治に中宿りするのが普通。「ゆかしさ」「ゆか〔床〕しさ」凡例（三）（チ）の一例である。「さ」〔接尾〕。形容詞の語幹に付いて名詞を作り、状態・程度を示す。なお、〔備考〕において、語の文法的事項を黒書きで記す際、青書きと同様に（凡例（三）（ホ）参照）、以後も、原則として、この例（〔接尾〕）のように略記する。「うらめしといふ人…はかなしや」加筆原文中の第4文において、赤書きの小括弧は、原文「うらめしといふ人もありける里の名」を含む、この赤書きの小括弧で括られた部分が、「名の」の「の」に係ることを示す。また、赤書きの中括弧は、原文「うらめしといふ人…なべて睦じう思さるる」を含む、この赤書きの中括弧で括られた部分が、「ゆゑ」に係る連体修飾部であることを示す。「うらめしといふ人もありける里の名」「「人」が「里の名」を「うらめし」といふ」（意味的関係）。「うらめし」「う〔憂〕し」（憎い・気にくわない・つれない）参照。「名の、なべて睦じう思さるる」「名の睦じう思ふ」「の〔〔備考〕参照〕」この「の」について〔備考〕で述べることの断（ことわ）りで、凡例（三）（リ）の一例である。（1）＝「（「名の〔格助・主語〕（が）私

（匂宮）にとって睦じう（［睦じ］」と））、（匂宮が）思ふ［自動］」（直接話法）、（2）＝「｛（名の［格助・主語］（が）自分（匂宮）にとって睦じう（［睦じ］）ということを）｝、（匂宮が）思ふ［他動］」（間接話法）、または（3）＝「（名の［格助・動作の対象］（を））、（「私（匂宮）にとって睦じう（［睦じ］」と））、（匂宮が）思ふ［他動］」（直接話法）。「の、～る」の構文。「匂宮が御自分にとって［憂し］や［恨めし・怨めし］でなく」において、「［憂し］」および「［恨めし・怨めし］」は、凡例（三）（ロ）の一例である。「睦じ」＝「睦まし」。「宇治の姫君達」大君（25歳）と中の君（23歳）の姉妹。父は、桐壺帝の第八皇子で、光源氏の異母弟である八の宮。「人（「殿上人など」）」において、「（「殿上人など」）」は、凡例（三）（ハ）および（ニ）の一例である。「少う」中止法。「仕うまつれり」と並列。

［二］夕霧、宇治の別邸に匂宮を迎えようとする。

［原文］六條の院より伝はりて、右の大殿［おほいどの］知り給ふ所は、河より遠［をち］にいと広く面白くてあるに、御設［まうけ］せさせ給へり。大臣［おとど］も、かへさの御迎［むかへ］に参り給ふべく思したるを、にはかなる御物忌［ものいみ］の、

重く慎［つつし］み給ふべく申したれば、え参らぬ由のかしこまり申し給へり。宮なますさまじと思したるに、宰相の中将、今日の御迎に参りあひ給へるに、なかなか心やすくて、かのわたりの気色［けしき］も伝へ寄らむ、と御心ゆきぬ。大臣をば、うちとけて見えにくく、ことごとしきものに思ひ聞え給へり。御子の君達、右大弁・侍従の宰相・権［ごん］中将・頭［とう］の少将・蔵人［くらうど］の兵衛［ひゃうゑ］の佐［すけ］など、皆さぶらひ給ふ。帝［みかど］后［きさき］も心ことに思ひ聞え給へる宮なれば、大方［おほかた］の御おぼえもいと限りなく、まいて六條の院の御方［かた］ざまは、つぎつぎの人も、皆わたくしの君に、心寄せ仕うまつり給ふ。

［加筆原文］｛（六條の院（光源氏）より相続人に伝はり［自動四］て、今は右の大殿（夕霧）が知り（治める・領有する）給ふ）所は｝、（河（宇治川）より遠に（京から見て宇治川の向こうに））、（いと広く面白く（趣がある・風情がある）て［接助・状態］）あるに（［あり。かかる（「所」・別邸）に］）、夕霧は、「御中宿」の御設（準備・用意）をせさせ［助動・使役］給へり。（大臣（夕霧）がも、匂宮の参詣からのかへさ（帰り道・帰りしな）の御迎に［格助・目的］、別邸に［格助・到達点］参り給ふべく［助動・意志］思したるを［接助・後文の前提、マタハ接助・逆接］）、（夕霧がにはかなる御自

分（夕霧）の御物忌の［格助・動作の対象］（を）、重く（しっかりしている・重い）慎み［他動四］（過ちを犯さないように気を付ける）給ふべく［助動・必要マタハ命令］）、（御自分（陰陽師が））（夕霧に）申したれば（［申したり。（されば］））、（夕霧は）、（御自分（夕霧）が「かへさの御迎に」え参らぬ）由のかしこまり（言い訳・詫び言）を（匂宮に）申し給へり。（「え参らぬ」を宮（匂宮）が「なま［生。接頭］（どことなく・なんとなく・いくらか・少し・些か・かなり）すさまじ（つまらない・興ざめだ・興を削（そ）がれた・面白くない・不快だ）」と思したるに［格助・時］）、（宰相の中将（薫）が）、（今日の御迎に）（別邸に）参りあ［合］ひ［補動四］（丁度〜する・折良く〜する）給へるに（［参りあひ給へり。（かかるに］））、（匂宮は）、（なかなか（夕霧より薫の方が却って）自分（匂宮）にとって心やすく（心配がない・気を遣うことがない）て、（「（私（匂宮）は、かのわたり（八の宮邸、特に姫君達）の気色をも薫から伝へ［他動下二］（人の言葉を取り次ぐ）、そして「かのわたり」に寄ら［自動四］（近づく））む」（、）と）、（う思う）ぬ。（匂宮は）、（大臣（夕霧）をば［「を（格助・動作の対象）は」の転］）、（う御心がゆ［行］き（気が済む・心が晴れ晴れする・清々（せいせい）する・気持ちよくちとけて見え［他動・可能。［備考］参照］にくく、ことごと［事々］しき（肩が張って窮屈だ・格式張っている・煙たい・大掛かりだ・仰山だ・物々しい））もの［者］に思ひ聞え［補動下二・謙譲］（～申し上げる）給へり。夕霧の御子の［格助・所属マタハ範囲］（のうちの）君達（子息達）、すなわち右大弁・侍従の宰相・権中将・頭の少将・蔵人の兵衛の佐などは、皆が匂宮にさぶらひ給ふ。（（帝と后（明石中宮）がも心こと［異］に（内容が他と違って際立っている）思ひ聞え［補動］給へる宮（匂宮）なれば）、（大方（世間・一般）の御おぼえ（匂宮に対する御信望・御声望）がも）（いと限りなく）、そして（（「大方の御おぼえ」にまいて六條の院（光源氏）の御方ざま（縁者・一族・一門の御方面）は（［に（格助・範囲）は］））、（夕霧を始めとして、「六條の院」のつぎつぎ（子孫）の人がも）、皆［副詞］）、（匂宮をわたくし（内々・内輪）の君（主君・主人）に［格助・資格マタハ役割］（として））、（匂宮に）心寄せ（思いを掛ける・贔屓（ひいき）をする）仕うまつり［［備考］参照］給ふ）。

［備考］「右の大殿」夕霧。49歳。「いと広く面白くてある」「～てあり」の構文。「［御中宿］の御設」において、「［御中宿］」は、凡例（三）（八）の一例である。「かへさの御迎に参り給ふべく思したるを」「申したれ」に係る。「にはかなる御物忌の、重く慎み給ふべく申したれば」「の」「名の、なべて睦じう思さるる」（［一］）の「の」参照。「重

く」「慎み」に係る。「御自分（夕霧）」は、凡例（三）（イ）の一例である。「「なますさまじ」」と」は、凡例（三）（ト）の一例である。「宰相の中将」薫。23歳。「伝へ寄らむ、と」「（、）」の青書きは、凡例（三）（リ）の一例であり、ここの読点が不要であることを示す。「うちとけて見えにくく」「見ゆ」「見らゆ」の転。この「見ゆ」の文法的事項を、（1）「見らゆ」の「見」が［他動上一］であることと、（2）「見らゆ」の「らゆ」が上代の［助動下二］で、意味の分類が［可能］であることとから、加筆原文中で、「他動・可能」とのみ記した。後出のこの「見ゆ」に対しても、この通り記す。また、「らゆ」の意味の分類が［自発］または［受身］である、後出の「見ゆ」に対しては、この「他動・可能」に倣って、加筆原文中で、夫々「他動・自発」、「他動・受身」と記す。「もの」「ひと」より軽視したり卑下した場合に多く用いられる。「思ひ聞え給へり」「聞ゆ」補助動詞であるこの語の文法的事項を、加筆原文中で、以下、単に、「補動」と記す。「御子の君達……皆さぶらひ給ふ」次男以下が皆揃って、夕霧が来ないことを補っている。「帝后も心ことに思ひ聞え給へる宮なれば」「「宮」を「思ひ聞え給へり」」（述語―目的語。意味的関係）。この意味的関係通りに書き換えると、「帝后も宮を心ことに思ひ聞え給へれば」。「心寄せ仕うまつる」（1）＝「「（心寄せ［他動下二。中止法。「仕う」と並列］）

（仕う［他動下二］（仕える））まつる［奉る。補動四］（お～申し上げる）」（心をお寄せして、お仕え申し上げる）、（2）＝「（心寄せ［他動下二。中止法。「仕うまつる」と並列］）（仕うまつる［自動四］（お仕えする））」（心を寄せて、お仕えする）、または（3）＝「心寄せ［他動下二］仕うまつる［補動四］（お～申し上げる）」（心をお寄せ申し上げる）。

［三］宇治山荘（夕霧別邸）の歓待、音楽の合奏。

［原文］所につけて御しつらひなど、をかしうしなして、碁・双六［すぐろく］・弾碁［たぎ］の盤どもなどとり出でて、心々にすさびくらし給ふ。宮は、ならひ給はぬ御ありきに、なやましく思されて、ここにやすらはむの御心も深ければ、うち休み給ひて、夕つ方ぞ、御琴［こと］など召して遊び給ふ。

［加筆原文］（宇治の夕霧の別邸では）、［（（1）匂宮の一行（匂宮以下、供の上達部・殿上人達）が、または（2）夕霧の家の人達が、所につけて、御しつらひ（支度・設備・飾り付け）などを、をかしうしなし［給ひ］て）、（（匂宮の一行が）、（碁・双六・弾碁の盤どもなどをとり出で［給ひ］て）、（心々に（各自の心で・思い思いに）すさ

［荒］び（思いのままに行う・遊び慰む）くらし給ふ）｝］。（宮（匂宮）は）、［（ならひ給はぬ御ありき（外出・遠出・旅・旅行）に［格助・原因］、なやましく（疲れのために気分が悪い）思され［助動・自発］て）、｛（ここ（この宇治の地、マタハ夕霧別荘）にやす［休］らは（留（とど）まる・ゆっくりする・泊まる）む の［格助・同格］（というう）御心がも深ければ）（、）うち休み（休息する・寝る・眠る）給ひて｛、（夕つ方ぞ（［に（格助・時）ぞ］）、御琴（弦楽器の総称）などを召し（お取り寄せになる）て遊び｛（1）管弦の遊びを催す、（2）お供の人たちと演奏をする、または（3）弾く｝給ふ）］。

［備考］「すさ［荒］び」の［荒］は、漢字表記を示す。第1文および第2文の赤書きは、いずれも、三つの動作が二つの「て」（接助・先に起こった動作に付けて前後を結び付ける語）で結び付いた重文（中止法）であることを示す。

［四］八の宮、はるかに楽の音を聞いて懐旧する。

［原文］例の、かう世離れたる所は、水の音［おと］ももてはやして、物の音［ね］すみまさる心地して、かの聖［ひじり］の宮にも、たださしわたる程なれば、追風［おひかぜ］に吹き来る響［ひびき］を聞き給ふに、昔の事思し出でられて、八宮「笛をいと

をかしくも吹きとほしたなるかな。誰ならむ。昔の六條の院の御笛の音［ね］聞きしは、いとをかしげに愛敬［あいぎゃう］づきたる音［ね］にこそ吹き給ひしか。これは澄みのぼりて、ことごとしき気［け］の添ひたるは、到仕［ちじ］の大臣［おとど］の御族［ぞう］の笛の音［ね］にこそ似たなれ」など、ひとりごちおはす。八宮「あはれに久しくなりにけりや。かやうの遊［あそび］などもせで、あるにもあらで過［すぐ］し来にける年月の、さすがに多く数へらるるこそかひなけれ」など宣ふついでにも、姫君たちの御有様あたらしく、かかる山懐［やまふところ］にひき籠めては止［や］まずもがな、と思し続けらる。宰相の君の、同じうは近きゆかりにて見まほしげなるを、さしも思ひ寄るまじかめり、まいて今やうの心浅からむ人をば、いかでかは、など思しみだれ、つれづれとながめ給ふ所は、春の夜もいと明かし難きを、心やり給へる旅寝の宿［やどり］は、酔［ゑひ］の紛れにいと疾［と］う明けぬる心地して、飽かず、帰らむことを、宮は思す。

［加筆原文］［（例の［格助・連用修飾語を作る。「心地し」の「し」に比喩的に係る］（〜のように））、（かう世離れたる所は（［に（格助・場所）は］）、宇治川の水の音がも［係助］（さえも）「物の音」をもてはやし（一段と引き立てる）て、物の音がすみ（冴

える・響き渡る）まさる（募（つの）る）（［すみまさる］という）心地が）（人は）して（［すれば］）、そして）、（かの聖（八の宮）の宮（御殿、すなわち八の宮山荘）に［格助・到達点］も、ただ舟人が一棹をさし人が宇治川をわたる）夕霧別邸と八の宮山荘との程（距離）なれば］、（「かの聖（八の宮）に［格助・貴人の主語］（は）も」）、（追風に吹き来る響を［格助・動作の対象］（を））聞き給ふに（［聞き給ふ。（かかるに（格助・時マタハ原因）］））、（八の宮は）、（昔の事を思し出でられ［助動・自発］て）、（八宮「笛（横笛）をいとをかしくも吹きとほし（遂げる。し終える）た（［たる］）なる［助動・推定］かな。誰が［吹きとほす］なら［助動・断定］む。昔の六條の院（光源氏）の御笛（横笛）の音を私（八の宮）が聞きしは（［に（格助・時）は］）、光源氏殿は、いとをかしげに愛敬づき（人の心を魅入らせる・惹きつけるように美しい・優し味が加わっている）たる音に［格助・結果マタハ状態］こそ吹き給ひしか。しかし、これは澄みのぼり（切る）て、ことごとしき（物々しい・重々しい・態（わざ）とらしい・風格がある）気の（が）添ひたるは（［添ひたり。かかるは］）、到仕の大臣の御族の笛の音にこそ似たなれ［助動・推定］」など）（、）ひとりごちおはす。八宮は、「［遊」は私（八の宮）にとってあはれに［［あはれ］な（懐かしい）程に］久しくなりにけりや。（私がかやうの遊などもせで、世に・生きてあるに［格助・状態］もあらで過し来にける）年月の［格助・動作の対象］（を）、さすがに（いつまでもこんなに零落（おちぶ）れたままでいたくなかったものの、やはり）私が多く数へらるる［助動・自発マタハ可能］はこそ）かひなけれ（情けない・不甲斐ない・侘びしい・意気地ない）」など宣ふ（［宣ふ。（かかる］）ついで［序］（折）にも）、（八の宮は）、（（姫君たちの御有様が御自分（八の宮）にとってあたらしく（立派だ・すばらしい・惜しい・勿体ない））、そして（「かかる山懐（山陰）に［姫君たち］をひき籠め（隠しておく）て［接助・状態］は止ま（そのまま終了してしまう）ず［助動・打消・連用形］もがな（～であればなあ）」（、）と思し続けらる［助動・自発］））。（八の宮は）、（「（［以下の文、［備考］参照］宰相の君（薫）の、［見る］のが同じうは［遠き］より近き（親しい・親密だ）私（八の宮）のゆかり［縁］（姻戚）にて（［に為して］）私にとって見（世話をする）まほしげなるを）、（さ（［さ（［ゆかりにて見まほし」と］）しも）、（私は）思ひ寄るまじか［助動・適当の否定、否定の決意、マタハ否定の推量］めり（、）。（まいて）（今やうの心浅からむ人（男）をば）、（私は）、（いかでかは［係助・反語］）（［ゆかりにて）見む」」（、）など思しみだれ）、そして（つれづれとながめ給ふ（［ながめ給ふ）。（（かかる］）所（八の宮山荘）は（［に（格助・場所）は］））、（八の宮が）、（物思いに沈んで眠れないので）、（春の夜をも）（いと）明かし難きを［接助・逆接］）、（一方）、（匂宮が心や［遣］り（気を晴らす）給へる旅寝の宿（夕霧別荘）は（［に（格助・場所）は］））、（匂宮の一行は）、（酒の酔の紛れに［格助・原因］）（夜がいと疾う明けぬる（［明けぬ］という）心地がして（［す。（さりて］））、（飽かず（「飽かず（心に満たない・物足りない）」と））、（京に帰らむことを）、（宮（匂宮）は）思す。

［備考］「物の音すみまさる心地して」「まさる心地」「［まさる］という「心地」」（同格。意味的関係）。「かの聖」八の宮。光源氏の異母弟。宇治の山荘で、母なき後の二人の姫君（大君と中の君）を大切に育てながら、世に埋もれた侘しい生活を送っている。「これは澄みのぼりて、ことごとしき気の添ひたるは、到仕の大臣の御族の笛の音にこそ似たなれ」「ことごとし」［二］の「ことごとし」参照。「到仕の大臣」昔の頭中将。音楽に通じている八の宮は、この笛の音が薫のものと見破って、遺伝するその笛の音で薫の血脈が致仕の大臣一族に近いことを知る。笛の演奏を薫だと察知するところから、その音色が光源氏より致仕の大臣方に似通うのを不審に思う。八の宮は、昔自分が宮中に出入りしていて栄えていた時が懐かしい。言い換えれば、俗聖とか優婆塞とかと言われる

ような悟り澄ました人ではない。「あはれに｛〔あはれ〕な（懐かしい）程に｝」は、凡例（三）（ニ）の一例である。「過し来にける年月」「八の宮が「年月」を「過し来にけり」」（述語―持続する時間。意味的関係）。「年月の、さすがに多く数へらるるこそかひなけれ」「年月の、……数へらる」「の、〜らる」の構文。「里の名の、なべて睦じう思さるるゆゑ」〔一〕参照。「姫君たちの御有様あたらしく、かかる山懐にひき籠めては止まずもがな、と思し続けらる」子故の煩悩のため、上記と同様に、まだ悟り切れていない生身の八の宮がよく出ている。都のしかるべき貴公子に縁づかせたいという気持ち。幸福な結婚をと願う。「宰相の君の、同じうは近きゆかりにて見まほしげなるを」「君の、見まほしげなるを」（1）＝「君の〔格助・主語〕（が）、見まほしげなるを〔接助・逆接〕」、または（2）＝「君の〔格助・同格〕（で）、見まほしげなる「君」を〔格助・動作の対象〕（を）」。八の宮には、仏道に専心する薫の道心を邪魔するまい、とする気持ちが強い。「いかでかは」「見む」述語を当時の言葉で補充する、凡例（三）（リ）の一例である。「明かし難きを…明けぬる心地して」明かし難い苦しみの中の人と、「アッ」という間に歓を尽くした人とで、同じ宇治の春の一夜が違うことが、はっきり出ている。「めり（、）。」は、凡例（三）（ト）の一例である。なお、本〔備考〕第8行目の「似通うのを不審に思う」については、系図参照。系図において、光源氏・女三宮と薫との関係を示す実線は、事実ではないが表向きの関係を示す（光源氏と女三宮との関係は事実で表向きの関係（婚姻関係））。これに対して、柏木・女三宮と薫との関係を示す鎖線は、表向きではないが事実の関係を示す（柏木と女三宮との関係（男女関係）も同様）。

［五］八の宮より薫に消息。匂宮、代わって返事。

［原文］はるばると霞み渡れる空に、散る桜あれば今開［ひら］けそむるなど、いろいろ見渡さるるに、河ぞひ柳の起きふしなびく水影など、疎［おろか］ならずをかしきを、見ならひ給はぬ人は、いとめづらしく見棄て難し、と思さる。宰相は、かかる便［たより］を過ぐさず、かの宮に詣でばや、と思せど、あまたの人目をよぎて、一人漕ぎ出で給はむ船［ふな］わたりの程も軽らかにや、と思ひやすらひ給ふ程に、かれより御文あり。

八宮　山風にかすみ吹きとく声はあれどへだてて見ゆるをちのしら波

草［さう］にいとをかしう書き給へり。宮、思すあたりの、と見給へば、いとをかしう思［おぼ］いて、匂「この御返［かへ］りはわれせむ」とて、

匂　をちこちのみぎはに波はへだつともなほ吹きかよへ宇治の河風

［加筆原文］（はるばると霞み渡れる空に［格助・場所］（を背景として））、（散る桜があれ［已然形］ば［接助・並行的な事柄を並べる］（～し、一方～する）今開けそむる桜などを）（、）（人が）（いろいろ）見渡さるる［助動・可能マタハ自発］に［格助・累加添加］、（河ぞひ柳の（が）川風に起きふしなびく）水影（水面に映る姿）などが、（疎ならず）をかしきを（［をかし。（かかるを（格助・動作の対象））］）（、）見ならひ給はぬ人（匂宮）は）、（「いとめづらしく見棄て（見捨てる・見過ごす）難し」（、）と）思さる［助動・自発］。（宰相（薫）は）、［（「私（薫）は、かかる便（序（つい）で・好便・機会・好機）を過ぐさ（逸する・逃がす）ず、かの宮（八の宮山荘）に詣で［自動下二・未然形］（参上する・参る）ばや［終助］（～たいものだ）」（、）と御自分（薫）が思せど）、（御自分があまたの人（供人）の目をよぎ（避（よ）ける・避（さ）ける・回り道をする）て（、）一人で漕ぎ出で給はむ（［給はむ］という））船わたりの程［形名・例示］（のようなこと）をも）（「身分柄、軽［かろ］らかに（軽々しい・軽率だ）や［あらむ］」（、）と）思ひやすら［躊躇］ひ［自動四］（躊躇（ためら）う・躊躇する）給ふ程［名］（時分・折・頃）に（［思ひ給ひ］、（やすらひ給ふ）。かかる程に］）、かれ［彼］

（あの人（八の宮））より薫への御文があり。すなわち、（八の宮は）、（
八宮　［〈（山風に［格助・状態］（のように。の状態で）かすみを吹き［「笛」の縁語］とく［解く］（ばらばらにする）ように私（八の宮）の所に聞こえてくる、主があなた（薫）である）声はあれど〉、（あなたと私とをへだて〈遠ざける・隔てる。（1）あなたが私の所を訪ねるのを妨げる、または（2）あなたが私に便りをするのを妨げる〉て［接助・状態］（ように））（私が）見ゆる［他動・自発］］をち［彼方・遠。代名］（遠方・あちら・対岸（薫の方））の「みぎは」のしら波と）、（草［草仮名］に）（いとをかしう）書き給へり。（宮（匂宮）は）、（御自分（匂宮）が思すあたり（八の宮山荘）の（からの）「御文」（、）と（ということ）を見給へば、「御文」をいとをかしう思いて）、（匂「この［格助・何らかの関係］（に対する）御返りをはわれがせむ」とて［格助］（［と宣ひて］））、（
匂　をちこち［彼方此方・遠近］〈あなた様（八の宮）の方と私達（薫と匂宮）の方〉のみぎは［汀］（水際・岸・岸辺）に［格助・場所］、そこで立つ波はあなた様と私達との間をへだつともなほ（それでもやはり）吹きかよへ〈「をちこちのみぎは」を行き来してくれ、そしてあなた様と私達とを親しく交際させてくれ（互いの便り

を行き来させてくれ)〜、宇治の河風よ
〔と書き給ふ」)。

〔備考〕「散る桜あれば今開けそむる」引き歌は「桜咲く桜の山の桜花散る桜あれば咲く桜あり」(出典不明)。「河ぞひ柳の起きふしなびく」引き歌は「稲むしろ川添ひ柳水ゆけば起き伏しすれどその根絶えせず」(古今六帖)。「見ならひ給はぬ人は、いとめづらしく見棄て難し、と思さる」「見ならひ給はぬ人」匂宮は、高貴な身分のため、洛外へなどほとんど出ない。「いとめづらしく見棄て難し」直接話法(加筆原文はこれ)、または間接話法。「かかる便を過ぐさず、かの宮に詣でばや」直接話法。「軽らかにや」直接話法(加筆原文はこれ)、または間接話法(「〜(船わたりの程がも軽らかにや)(、)と〔格助〕(ということ)を〜思ひ」)。「やすらふ」。〔三〕の「やすらふ」(「休らふ」)参照。「声はあれど」前の日に聞こえた笛の音の主が薫であることを、八の宮はちゃんと知っていた(推察していた)。「思すあたりの」間接話法。直接話法と取れば、自敬表現になる。「「この御返りはわれせむ」」直接話法。

〔六〕薫、人々と八の宮邸に参上する。八の宮の歓待。

［原文］中将は参うで給ふ。遊［あそび］に心入れたる君達さそひて、さしやり給ふ程、酣酔楽［かんすゐらく］遊びて、水にのぞきたる廊［らう］に、造りおろしたる橋の心ばへなど、さる方［かた］にいとをかしう、ゆゑある宮なれば、人々心して船よりおり給ふ。ここはまたさま異［こと］に、山里びたる網代［あじろ］屏風［びゃうぶ］などの、ことさらにことそぎて、見所ある御しつらひを、さる心してかき払ひ、いといたうしなし給へり。いにしへの、音［ね］などいと二［に］なき、弾物［ひきもの］どもを、わざと設けたるやうにはあらで、つぎつぎ弾き出で給ひて、壱越調［いちこつでう］の心に、「桜人［さくらびと］」あそび給ふ。あるじの宮の御琴［きん］を、かかるついでに、と人々思ひ給へれど、箏の琴をぞ、心にも入れず、折々掻き合せ給ふ。耳馴れぬけにやあらむ、いと物深くおもしろし、と、若き人々思ひしみたり。所につけたる饗応［あるじ］、いとをかしうし給ひて、よそに思ひやりし程よりは、なま孫王［そんわう］めく賤しからぬ人あまた、王［おほきみ］、四位の古めきたるなど、かく人め見るべき折と、かねていとほしがり聞えけるにや、然［さ］るべき限り参りあひて、瓶子［へいじ］とる人もきたなげならず、さる方［かた］に、古めきて、よしよししうもてなし給へり。客人［まらうど］たちは、御むすめたちの住まひ給ふらむ御有様思ひやりつつ、心つく

人もあるべし。
[加筆原文] 中将（薫）は、川向こうの八の宮山荘に参うで給ふ。薫は、遊に心を入れたる君達をさそひて、棹をさし舟をやり給ふ程（[やり給ふ。かかる程（間）]）、供の人々は、酣酔楽を遊び [他動四]（演奏する）て（[遊び給ふ。（さりて]））、[{（水にのぞ [臨] き（臨む）たる廊（廊下、廊、マタハ細長い建物）に [格助・状態、マタハ格助・到達点]（、）造りお [下] ろし（水（川）の中に入れる）たる）橋の心ばへ（趣向・風情）などが、さる方に（（1）山里なりに、（2）「橋」なりに、（3）「橋の心ばへなど」の点・方面で、または（4）山荘なりに）いとをかしう、そしてゆゑある} 宮（八の宮山荘）なれば]、（人々（供の人々）は）、（（1）「いとをかしう、ゆゑある」八の宮様だ、という、または（2）「いとをかしう、ゆゑある宮」に相応しい振る舞いをしよう、という心（心構え・心遣い・心用意・緊張）して [格助・手段]（〜をもって・〜で））（船より）おり給ふ。ここ（八の宮山荘）は（[に（格助・場所）は]）、八の宮は、（1）夕霧別荘と、または（2）来客がないときと、また [接]（そして・それから）さま異に（[さま異にしなし給へり。さりて（即ち）]）、[{（山里びたる網代屏風などの）、（八の宮がことさらにことそぎ [自動四]（質素にする・省略する）て、見所ある）} 御しつらひ

（（1）部屋の作り・構え、設え・飾り付け、または（2）御座所）を〕、（八の宮が）（さる（薫一行を迎えるという）心して）かき払ひ、いといたうしなし｛（1）部屋の構えを掃除・清掃し、設（しつら）え・飾り付けを殊更に行う、または（2）部屋の構えをすっかり取り去り、薫の御座所を殊更に設える｝給へり。（薫一行を迎える八の宮側の人々は）、〔｛（いにしへの（〜から伝来している））、（音などがいと二なき）｝（、）弾物（〔琴（こと）〕。〔三〕に既出）どもを〕、（わざと設け（準備・用意する）たるやうにはあらで）〔設けたり。さりて〕、薫一行の人々は、「弾物どもを」つぎつぎと弾き出で給ひて、壱越調の心（趣向・調子、マタハ気分・気持ち）に〔格助・状態〕、「桜人」をあそび給ふ。「（あるじの〔格助・同格〕（である）宮（八の宮））の御琴（七弦）を、かかるついでに」（、）と人々が思ひ給へれど、八の宮は、箏の琴（〔こと〕。十三弦）をぞ、心にも入れず（さりげなく・無造作に）、折々掻き〔人々のあそび〕に合せ給ふ。八の宮の手・音色に耳馴れぬけ〔形名。「けん」（験）の転か〕（為・所為）にや〔係助・疑問〕あらむ、「いと物深くおもしろし」（、）と、若き人々は思ひしみ（深く思い込む・思い詰める）たり。八の宮は、宇治の山里という所につけたる饗応を、いとをかしう薫一行の人々にし給ひて（〔し給へり。さりて（即ち）〕）、（〔参りあひてもてなさむを〕よそ［余所］に［形動ナリ］（直接の関係がない・局外の立場にある）思ひやり［給ひ］し程（程度）の人より［格助・一定の範囲を限る］（以外）は、（なま（どことなく・少し）孫王（帝の孫以下五世までの人）めく（〜らしく見える）賤しからぬ人のあまたや、（王で、四位（最下位の皇族）の［格助・同格］（で）古めきたる「王、四位」などは、（「八の宮山荘にかく人め［人目］（人の出入り）を見るべき折に［参りあひてもてなさむ」」と、八の宮山荘の人手不足をかねていとほしがり（気の毒に思う・不憫に思う）聞え（［聞え（補動）給ひ］）ける［け］（為・所為）にや［あらむ］）、（然るべき（来て手伝うことができる、マタハ宮家縁りの）限りが）（八の宮山荘に）参りあひ［給ひ］て、そして（瓶子をとる（お酌をする）「然るべき」人がも）（きたなげならず（見苦しくない・賤しく頑固げでない・こざっぱりとしている））、（さる方に（こうした宮家に相応しく））、（古めきて）、（よしよししう（由緒ありげだ・風情がある））（薫一行の人々を）もてなし給へり。客人たちは（［には］）、（八の宮の御むすめたちの（がこの邸に住まひ給ふらむ）御有様を思ひやりつつ、「御むすめたち」に対する心がつく（生ずる・惹かれる））人がもあるべし。

［備考］「中将は参うで給ふ」薫は、匂宮がした返歌を持っていく使者の役目を引き受

けたのであろう。匂宮は、帝夫妻から大変な厚遇を受けているから、親王という身分柄、軽々しく川の向こうに行くことはできない。「酣酔楽」高麗楽（こまがく）。舟に乗ったときに奏する舟楽。保延（一一三五～四〇年）の頃まで舞（まい）があったが、その後絶えたという。「水にのぞきたる廊に、造りおろしたる橋」意味的関係は、（1）「橋」を「水にのぞきたる廊に」「造り」、その「橋」の下方を川の中に「おろしたる」（「廊に」は「造り」に係る。加筆原文はこれ）、または（2）「「水にのぞきたる廊に」「おろしたる」ように、「橋」を「造りたる」」（「廊に」は「おろし」に係る）。「山里びたる網代屏風などの」「御しつらひ」に係る（赤書き参照）。「わざと」2行前の「ことさらに」参照。「あるじの宮の御琴を、かかるついでに、と人々思ひ給へれど」「～を～と思ふ」の構文。「思ふ」（1）「と」が「あるじの宮の御琴を、かかるついでに」を受けると取れば、自動詞（直接話法。加筆原文はこれ）、（2）「と」が「かかるついでに」を受けると取れば、他動詞（直接話法。目的語は「あるじの宮の御琴」）、または（3）「と」が「あるじの宮の御琴を、かかるついでに」を受けて、「ということ」の意味と取れば、他動詞（間接話法。目的語は「あるじの宮の御琴を、かかるついでに、と」）。「心にも入れず」「心に入る」熱心にする。夢中になる。1行目の「心入る」参照。八の宮は悠々としている。

人に聞かせようと、気負った弾き方をしない。名人であるだけに技量を隠す。巧者ぶりを主張しない。「耳馴れぬけにやあらむ」挿入句。「にやあらむ」「なら〔助動・断定〕む」の疑問形。「思ひしみたり」に係る。「～にあり」の構文。「耳馴れぬけにやあらむ」（述語）の主語は、「「思ひしみたり」ということ」。「にあり」＝「なり」と取る場合の「～にあり」の構文を、以後、「I型」と記す（この構文における「に」は格助詞（特に意味の分類はない）で、「あり」は存在する意味がない）。「いとをかしうし給ひて」4行目の「さま異に」参照。「よそに思ひやりし程よりは…よしよししうもてなし給へり」「よそに思ひやりし程よりは」「参りあひ」に係る（赤書き参照）。「王、四位」「王」と「四位」とは別々の人とする解もある。「かく人め見るべき折と、かねていとほしがり聞えけるにや」「参りあひ」に係る（赤書き参照）。「～にあり」の構文（I型）。4～3行前の「耳馴れぬけにやあらむ」参照。「さる」「然る」を含めて、この段落に多出（4回）。八の宮と同じく余り日の当たらない、皇族の血筋で、余り栄えていない人々が、皆、八の宮に同情し、八の宮を助け合っている。「客人たち」これと同意の語（「君達」、「人々」、「若き人々」）が、これを含めて、この段落に多出（5回）。「思ひやりつつ、心つく人」「「人」が「思ひやる」」（意味的関係）。「「人」の「心」が「つく」」（意味的関係）。

「心」この段落に多出（7回）。

「人」この段落に多出（「人々」を含め、「桜人」の「人」を除いて8回）。

［七］匂の宮、八の宮に消息。八の宮、中の君に返書させる。

［原文］かの宮は、まいてかやすき程ならぬ御身をさへ、ところせく思さるるを、かかる折にだに、と、しのびかね給ひて、おもしろき花の枝を折らせ給ひて、御供にさぶらふ上童［うへわらは］のをかしきして奉り給ふ。

匂　山桜にほふあたりに尋ねきておなじかざしを折りてけるかな

野を睦［むつ］まじみ。

とやありけむ。御返りは、いかでかは、など、聞えにくく思しわづらふ。「かかる折のこと、わざとがましくもてなし、程の経［ふ］るも、なかなかにくき事になむし侍りし」など、ふる人ども聞ゆれば、中の君にぞ書かせ奉り給ふ。

八宮　かざしをる花のたよりに山がつの垣根を過ぎぬはるのたび人

野をわきてしも。

と、いとをかしげに、らうらうじく書き給へり。

〔加筆原文〕（かの夕霧別荘に居残っている宮（匂宮）は）、（まいて（1）〔増いて。副〕〔「心つく人」（〔六〕）より一層・もっと〕、または（2）〔況（ま）いて。副〕〔「心つく人」（〔六〕）より好色だから、況（いわん）や・言うまでもなく〕）（夕霧別荘に居残るのをだけでなく、かやすき程ならぬ御身（身分・身の上、マタハ体）をさへ〔副助〕（まで））、（ところせく〔所狭く。形ク〕（精神的に窮屈だ・気詰まりだ））思さるる〔助動・自発〕を〔接助・順接〕、（「かかる「旅寝」（〔四〕）の折にだに」（、）と）、（「奉り給ふ」を）しの〔忍〕び〔他動・上二〕（我慢する）かね給ひて（〔しのびかね給ふ。さりて〕）、匂宮は、おもしろき花（桜花）の枝を折らせ〔助動・使役〕給ひて、御供にさぶらふ上童の〔格助・同格〕（で）をかしき（可愛い）「上童」して姫君達に奉り〔他動四〕（差し上げる）給ふ。「おもしろき花の枝」に付けられた歌は、

匂　私（匂宮）は、山桜がにほふ（美しく目に映じる）あたり（宇治）に尋ねきてあなた様達（姫君達）とおな〔同〕じかざしであるこの「山桜」の枝を折りてけるかな

野を睦まじみ（〜が〜ので）（。）

とやありけむ。（姫君達は、マタハ姫君達、特に大君は）、（「御返りをは、いかでかは〔反

語マタハ疑問］［聞えむ］」（、）など）、（「御返り」を匂宮に聞え［他動下二・謙譲］（差し上げる）にくく［補形ク］（～することが困難だ））思しわづらふ。（「（私達（「ふる人ども」）は）、［｛（かかる（匂宮のような貴人がたまたま近くに滞在した機会に興を覚え、挨拶程度に歌を送ってきただけ、という特に深い意味があるわけでもない）折（場合・折）のことを、わざとがましくもてなし（懸想文・色恋沙汰のように扱って、マタハ返しの歌に凝りすぎて））、（返事に程（時間・時）の（が）経る［自動・下二］（［経］）｝ということ）をも］、（なかなか（却って）にく［憎］き［形ク］（見苦しい・エチケットの点で気が利かない）事になむ）し（成らせる・変える）侍りし」など）、（ふる［古］人ども（弁の君などの、年老いた女房達）が）（八の宮にマタハ姫君達に）聞ゆれ［自動下二・謙譲］（申し上げる）ば（［聞ゆ。されば］）、八の宮マタハ大君は、御自分の歌を中の君にぞ書かせ［助動・使役］［給ひ］、匂宮に奉り［他動四］（差し上げる）給ふ。（中の君は）、（

八宮　かざしをる花のたより（縁、マタハ序で）に私達の山がつ［賤］の垣根（垣根、マタハ山荘）を過ぎ［自動・上二］（過ぎる（立ち寄らない））ぬ［［備考］参照］はるのたび人私達の野をわき［別く・分く。他動・四段］（理解する・識別する）てしも［副助］（よりによって・わざわざ）［訪ひ・問ひ給ふにはあらじ］（。）と）、（いとをかし（美しい・きれいだ・風情がある）げに）、（らうらうじく（上手だ・達者だ・巧者だ））書き給へり。

［備考］「まいて」「まして」の音便形。（1）「思さるる」に係る（加筆原文はこれ）、または（2）「しのびかね給ひ」に係る。「山桜」宇治の姫君達を暗示。「おなじかざし」「おなじ」［形シク］。連体形「おなじき」は、体言（「かざし」）に続く場合、「おなじ」の形が多い。同じ血縁・血族を響かせるから、姫君達と同じ皇族であることを強調し、親しみの気持ちを込め、親交を求めている。「野を睦まじみ」引き歌は、「春の野にすみれ摘みにと来し我ぞ野を懐かしみ一夜寝にける」（万葉集・古今六帖）。「懐かし」を「睦まじ」に変えて引く。（1）「この宇治に一泊しました」あるいは「この宇治の地で一泊したい」を後に補う、または（2）意味上は歌（「尋ねき」および「折りてける」）に係る（倒置法）。「とやありけむ」匂宮の文面を語り手の推測で暈（ぼ）かした草子地。「聞えにくく」「聞ゆ」この語の文法的事項を、加筆原文中で、以下、単に、「他動」と記す。「にくし」「がた［難］し」参照。「なかなかにくき事になむし侍りし」「にくし」1行前

の「にくし」参照。老女房が、過去の宮仕えの経験ではこうでした、と、姫君達に教える。返歌は早いほうが良い、というのが当時の常識。「聞ゆれば」「聞ゆ」この語の文法的事項を、加筆原文中で、以下、単に、「自動」と記す。「かざしをる花のたよりに山がつの垣根を過ぎぬはるのたび人」「山がつ」（1）中の君、（2）中の君の家、（3）八の宮、または（4）大君に譬える。「過ぎぬはるのたび人」「ぬ」（1）〔助動・完了・終止形〕〔「はるのたび人」は主語（倒置法）。（通り過ぎ）てしまったに過ぎない〕、（2）〔助動・打消・連体形〕〔「はるのたび人」に係る。主語（省略されている）はあなた（匂宮）で、述語は「はるのたび人」。（立ち寄らない）ことはない（つまり、ちょっと寄る）〕、または（3）〔助動・打消・連体形〕〔連体止め。「はるのたび人」は主語（倒置法）。（立ち寄らない）ことはなかっただけです（つまり、ちょっと寄っただけです）〕。「はるのたび人」春の風物を愛でて通る行きずりの人。匂宮を譬える。さりげなく逸らそうという歌。相手の誘いを、行きずりの旅人に過ぎない、と切り返す歌。「野をわきてしも」匂宮の「野を睦まじみ」に応じて、それを切り返したもの。引き歌はなし。「いとをかしげに、らうらうじく書き給へり」さすがに、中の君は、習字をよく勉強している。

［八］匂宮の一行、歓を尽くして帰京する。

［原文］げに河風も心わかぬさまに、吹き通ふ物の音［ね］ども、おもしろく遊び給ふ。御迎へに藤大納言、仰言［おほせごと］にて参り給へり。人々あまた参り集［つど］ひ、ものさわがしくてきほひ帰り給ふ。若き人人、飽かずかへりみのみなむせられける。宮は、またさるべきついでして、と思す。花盛りにて、四方［よも］の霞もながめやる程の見所あるに、唐［から］のも大和［やまと］のも歌ども多けれど、うるさくて尋ねも聞かぬなり。

［加筆原文］（匂宮が居残っている夕霧別荘に帰った匂宮一行の人々は）、（げに（成る程）［五］で匂宮が「なほ吹きかよへ宇治の河風」と詠んだように宇治川の河風がも匂宮と八の宮の心をわか［他動四］（区別する・分け隔てる）ぬさまに、あちらとこちらを［吹き通ふ］ために吹き通ふ）物の音どもが、おもしろく（興が深いので）、遊び［自動四］（詩歌・管弦などを行う）給ふ。匂宮の御迎へ（迎えること、マタハ迎え人・役）に（1）［格助・目的］（のために）、または（2）［格助・資格］（として）藤大納言（柏木の弟・按察大納言・紅梅大納言）が、帝の仰言にて（［によりて］）京から夕霧別邸に参り給へり。（匂宮の供と「御迎へ」の人々が）、（あまた参り集ひ［給ひ］）、（もの（な

んとなく）さわがしくて［接助・状態］、京にきほ［競］ひ［自動四］（先を争う）帰り給ふ）。若き人人は、飽かず（物足りない・名残惜しい・心残りだ）、そしてかへりみ（後を振り向くこと）のみなむせられ［助動・自発］ける。宮（匂宮）は、「また、さるべきついで［序］（折・機会）をし［他動サ変］（作る・見つける・得る）て［参らむ］」（、）と思す。（花が盛りにて（であって）、四方の霞をも誰もがながめ（感情を込めて見つめる）やる（遠くに向かってなされる）程の見所があるに［接助・順接］（ので）、唐のも大和のも歌ども（漢詩も和歌も）が多けれど）、（私（語り手）は）、（それらをここに書くのがうるさくて）尋ねも［係助または間助・強意］聞かぬなり。

［備考］「吹き通ふ」［五］に既出。「河風」を主語として受けるとともに、「述語―主語」の意味的関係で「物の音ども」に係る。「仰言にて」匂宮はこれほど大事にされている。「またさるべきついでにして、と思す」匂宮は、行ったは行ったし一泊はしたけれど、何の成果も挙げられなかった。「宇治のわたりの御中宿のゆかしさに」（［一］）参照。「ながめやる程の見所」「見所」が「ながめやる程」である」（述語―主語。意味的関係）。「尋ねも聞かぬなり」「も」複合動詞「尋ね聞く」を強調する。語り手が省筆する草子地。

[九] 匂宮、常に宇治に消息する。中君、返答。
[原文] ものさわがしくて、思ふままにもえ言ひやらずなりにしを、飽かず宮はおぼして、しるべなくても御文は常にありけり。宮も、八宮「なほ聞え給へ。わざと懸想[けさう]だちてももてなさじ。なかなか心ときめきにもなりぬべし。いと好き給へる親王[みこ]なれば、かかる人なむ、と聞き給ふが、なほもあらぬすさびなめり」と、そそのかし給ふ時々、中の君ぞ聞え給ふ。姫君は、かやうのこと戯[たはぶ]れにももてはなれ給へる、御心深さなり。
[加筆原文] ものさわがしく(1)「人々」([八])が賑やかだ・騒がしい、または(2)御自分(匂宮)が落ち着かない・ざわざわと慌ただしいて[接助・状態、マタハ順接](~まま、マタハ~ので)、(御自分(匂宮)が)(思ふままにも)(宇治の姫君達に)え言ひ[自動四]やらずなりにしことを[格助・動作の対象]、(飽かず)、(宮(匂宮)は)おぼして([おぼす。(さりて])、(薫のしるべ[導](導き・手引き・道案内)がなくても)(匂宮から宇治の姫君への御文は)(常に)ありけり。(宮(八の宮)はも)、(八宮「(あなた達(姫君達)は、なほ[猶・尚](依然として・やはり)匂宮様にご返事を聞え[他動](差し上げる)給へ。あなた達は、「御文」をわざと懸想だちて

ももてなさじ。［わざと懸想だちてもてなさむは、］なかなかあなた達の心ときめき（胸がときめくこと・心が動く種・気の揉める種）にもなりぬべし。匂宮様は、いと好き（好色・多情・浮気だ）給へる親王なれば（［なり。されば」］）、「かかる人なむ［ある」］（、）と匂宮様が聞き給ふことが、なほもあらぬ（その（「聞き給ふ」）ままでは済まされない）すさび［名］（慰み）な［助動・断定］めり［この文、［備考］参照］」と）、（姫君達に）（ご返事を）そそのか［唆］し［他動四］（その気になるように勧める・誘い勧める）給ふ時々（［そそのかし給ふ。かかる時々」］）、中の君がぞ匂宮にご返事を聞え［他動］（差し上げる）給ふ。姫君（大君）は、かやうのこと（手紙の遣り取り・返事を書くこと）から・に、戯れ［名］に［格助・時］（～の場合に・～の時に）も［係助］（でも・さえも）もてはなれ（～から遠ざかる・～に取り合わない）給へる程の（［もてはなれ給へり。かかる程の」］）（、）大君の御心深さなり。

［備考］「言ひやる」「やる」［八］に既出。「飽かず」［四］、［八］に既出。「なかなか」［七］に既出。「聞き給ふが、なほもあらぬすさびなめり」（1）＝「（聞き給ふが）、（なほ［すさび給ひて］もあらぬすさび（慰み））なめり」（加筆原文は、これ）、または（2）＝「（「御文」は）、（（聞き給ふが（、）なほ［聞き給ひて］もあらぬ（［あらず」］）、

という匂宮様の気持ちから生まれた）すさび（戯れ・遊び）なめり」。主語—述語の関係および意味的関係の、（1）と（2）との違いは、次の通り。即ち、（1）では「聞き給ふ」と「すさびなめり」とが主語—述語の関係であり、「なほもあらぬ」と「すさび」との意味的関係が述語—主語の関係（「すさび」が「なほもあらず」）であるのに対して、（2）では「御文」と「すさびなめり」とが主語—述語の関係であり、「なほもあらぬ」と「すさび」との意味的関係が原因—結果の関係（「なほもあらぬ」ことが原因で「すさび」となる）である。「なほも」「あら」に係る。「なほ」2行前に既出。「戯れ」1行前の「すさび」参照。「もてはなれ給へる、御心深さなり」「「御心深さ」が「もてはなれ給へる」程である」（述語—主語。意味的関係）。

［一〇］八の宮の春愁、姫君達の身の上を案ずる。

［原文］いつとなく心細き御有様に、春のつれづれは、いとど暮し難くながめ給ふ。ねびまさり給ふ御様容貌［かたち］ども、いよいよまさり、あらまほしくをかしきも、なかなか心苦しう、かたほにもおはせましかば、あたらしうをしき方［かた］の思ひは薄［うす］くやあらまし、など、明暮［あけくれ］思しみだる。姉君廿五、中の君廿三に

ぞなり給ひける。

［加筆原文］八の宮は、御自分の山荘で、いつとなく（いつも）心細き御有様に［助動・断定・中止法］（〜であって）、春のつれづれには、いとど暮し（昼を過ごす）難く、そしてながめ（ぼんやりと物思いに耽る）給ふ。（ねびまさり（大人になるに従って美しく成長してくる）給ふ姫君達の御様や御容貌どもが、いよいよまさり（優れる）、あらまほしくをかしき（申し分なく美しい）ことがも）、八の宮にとってなかなか心苦しう）、そして八の宮は、「姫君達がかた［片］ほに（不完全だ・未熟だ・そう美しくない）もおはせましかば、（姫君達を山里に埋もれさせることがあたらしう（勿体ない・惜しい）、そして姫君達がを［愛］しき（愛（いと）しい・可愛い・気の毒だ・いとおしい）（［あたらしうをし］という））方（方面）の［格助・範囲］（に属する）私（八の宮）の姫君達に対する思ひは薄くやあらまし」（、）など、明暮思しみだる。姉君は廿五歳に、中の君は廿三歳にぞなり給ひける。

［備考］「ながめ給ふ」この物思いは、一心に仏道に精進していることではない。八の宮は、自分が本当に仏道に専心してしまったりあの世に旅立ったりすることを考えると、自分が今まで手塩に掛けてきた二人の姫君のことが、心に掛かる。「かたほ」「ま［真］

ほ」参照。「あたらし」［四］に既出。「姉君廿五、中の君廿三にぞなり給ひける」当時の上流貴族社会では姫君は十三〜十六歳で結婚するのが普通であった。今の大君と中の君が婚期を逸しそうだ、ということを示した。

［一一］八の宮、出家を志しつつ、なお姫君達の行く末を思う。

［原文］宮は重くつつしみ給ふべき年なりけり。もの心細く思して、御行［おこな］ひ常よりもたゆみなくし給ふ。世に心とどめ給はねば、出でたちいそぎをのみ思せば、涼しき道にもおもむき給ひぬべきを、ただこの御事どもに、いといとほしく、限りなき御心強さなれど、必ず、今はと見すて給はむ御心はみだれなむ、と、見奉る人もおしはかり聞ゆるを、思すさまにはあらずとも、なのめに、さても人ぎき口惜［くちを］しかるまじう、見ゆるされぬべき際［きは］の人の、真心［まごころ］にうしろみ聞えむ、など、思ひより聞ゆるあらば、知らず顔にて許してむ、一所一所世に住みつき給ふよすがあらば、それを見ゆづる方［かた］になぐさめおくべきを、さまで深き心に尋ね聞ゆる人もなし。まれまれはかなき便［たより］に、すきごと聞えなどする人は、まだ若々しき人の心のすさびに、物詣［ものまうで］の中［なか］やどり、ゆききの程のなほざ

りごとに、気色ばみかけて、さすがに、かくながめ給ふ有様などおしはかり、あなづらはしげにもてなすは、めざましうて、なげの答［いらへ］をだにせさせ給はず。三の宮ぞ、なほ見ではやまじ、と思す御心深かりける。然るべきにやおはしけむ。

［加筆原文］宮（八の宮）は御自分（八の宮）が重くつつしみ給ふべき年（厄年）におはするなりけり。八の宮は、もの心細く思して、御行ひを常よりもたゆみなくし給ふ。（「八の宮様は世に心をとどめ給はねば、（1）「世」からあの世・来世・後世・死出への、または（2）出家・遁世への出でたちのいそぎ（支度・準備・用意）をのみ思せば（「思す。されば」）、八の宮様は涼しき（暑くなくて気持がよい・爽やかだ）道にもおもむき（極楽浄土に蘇る・極楽往生する）給ひぬべき（1）［助動・当然］（はずだ・に違いない）、または（2）［助動・可能＋推量］（することができよう）を［接助・逆接］（「おもむき給ひぬべし。（さるを」）」、（ただこの姫君様達の御事どもに［格助・原因理由］）」、（「私達（「見奉る人」）にとっていといとほしく（気の毒だ・労わしい）、そして限りなき八の宮様の御心（道心）の強さなれど」、（必ず）、（八の宮様が「私（八の宮）は今は［出でたたむ］」と姫君様達を見すて給はむ時の御自分（八の宮）の御心は）みだれなむ」（、と）、（八の宮を見奉る人はも）おしはかり聞ゆる［補動］を（「聞ゆ。（さるを（接助・

後文の前提〉」〉〉、〈八の宮は〉、〈御自分〈八の宮〉が思すさまには〈1〉「人」の姫君達に対する扱いが、または〈2〉「人」があらずとも〉、〈「〔〈なのめに〈難点がない・まあどうにか普通だ〉、さ〈「人」が姫君達の婿になる〉ても「さ」に対する人ぎきが私〈八の宮〉にとって口惜しかるまじう、そして世間から姫君達の見をゆるされ［助動・受身］ぬ［助動・完了・終止形］べき際〈身分〉の人の［格助・同格］〈で〉〉、〈「真心に［格助・状態］〈で〉姫君をうし［後］ろみ［見］［自動上二］〈蔭にいて人を助け世話する、マタハ夫として世話する〉聞え［補動］む」〈、〉など、姫君達に思ひより聞ゆる［補動］「人」〉が〕あらば〕、〈私〈八の宮〉は〉〈多少の不満を知らず顔にて〈［に為して］〉〉〈結婚を、マタハ姫君を〉許してむ〈、〉。〈一所一所〈二人の姫君の一人一人、マタハ二人の姫君の内の一人〉がこの世に住みつき給ふよすが〈親しみ合う夫、縁、マタハ縁づく先・拠り所〉があらば〉、〈私は〉、〈それ〈「よすが」〉を、見ゆづる〈私が姫君達の「見」を「ゆづる」〉方〈人〉に為して〉、〈私自身を〉なぐさめおく［補動四］〈前以て〜しておく〉べきを〈［なぐさめおくべし〈助動。意志、推量、可能、マタハ可能＋推量〉〕と〉思す。さるを〈接助・逆接〉〕〉、さ〈「真心にうしろみ聞えむ」〉まで［格助・帰着点］深き心に［格助・状態］〈で〉姫君達を尋ね聞ゆる［補動］人はもなし。〈まれまれははかなき便に（伝手で、マタハ機会に）、すきごと（色めいた歌など、マタハ懸想の消息）を姫君達に聞え（「聞ゆる」こと）［［備考］参照］などをする人は）、（まだ若々しき人の心のすさ［荒］びに（1）［格助・原因理由］（無責任な気持ちから・物好きで）、または（2）［格助・目的］（情に任せた戯れに・気慰みに））、（物詣の中やどりや、ゆききの程のなほざりごとに［格助・地位役割］（として））、（姫君達に）気色ばみかけて［接助・逆接］）、さすがに［形動ナリ］（「さすがなり」そう（「気色ばみかけ」）はしたが、何と言っても限度がある」。即ち）、「すきごと聞えなどする人」は、かく（宮家の八の宮父娘が落ちぶれて・世に埋もれて）ながめ給ふ有様などをおしはかり、姫君達をあなづらはしげにもてなすは（「もてなす。さるは」）、めざましう（（1）八の宮にとって心外なほど癪に障る、または（2）八の宮に対して無礼だ）て、八の宮は、なげの（心が籠もっていない・一言だけだ・等閑だ）答をだに姫君達にせさせ［助動・使役］給はず。三の宮（匂宮）はぞ、なほ［副］（それでもやはり）、「私（匂宮）は、姫君達を見（結婚する・妻とする・我が者にする）ではやまじ」（、）と思す御自分（匂宮）の御心が深かりける。然る（「御心深かりける」）べき［助動・当然］（はずだ）にやおはし［［あり］の尊敬語］けむ［［備考］参照］。

〔備考〕「世に心とどめ給はねば…尋ね聞ゆる人もなし」長文。4文に分割。「涼し」地獄は灼熱の所。「この御事どもに」「みだれなむ」に係る。「みだれなむ、と」「と」「世に心とどめ給はねば」からを受ける。「なのめに、さても人ぎき…知らず顔にて許してむ」「{（なのめに）、（さても人ぎき口惜しかるまじう）、そして（見ゆるされぬべき際の）}人の」。（1）田舎に零落している宮家の姫君という悪条件を頭に置いての、八の宮の悲しい苦慮、または（2）いかにも仏道者らしい思惑。「住みつくよすが」（1）「「よすが」により（原因）「住みつく」」、（2）「「よすが」で（場所）「住みつく」」、または（3）「「よすが」とともに「住みつく」」（いずれも、述語—連用修飾句。意味的関係）。「それを」「見ゆづる」にも「なぐさめおく」にも係らない、即ち「見ゆづる方に」の次に「為して」を補って、この「為し」に係る。「見ゆづる方」（1）「私（八の宮）の二人の姫君の一人一人に対する「見」を、私が、姫君一人一人それぞれの「方」に「ゆづる」」、または（2）「二人の姫君の内の「よすが」のない一人に対する私（八の宮）の「見」を、私が、もう一人の姫君の「方」に「ゆづる」」（意味的関係）。「なぐさめおくべきを」この辺りで八の宮の心内語が地の文に転ずる。この心内語は「なのめに、さても人ぎき」（3行前）から。その直前の「思すさまにはあらずとも」から、と取ると、自敬表現になる。「すきごと聞えなど」「聞え（［聞ゆる］こと）」「聞ゆる」文法的事項は、［他動下二・謙譲］で、語義は、「申し上げる」。この語の文法的事項を、加筆原文中で、以下、単に、「他動」と記す。「まだ」［副］。＝「いま［未］だ」。「心のすさび」「「心」が「すさぶ」」（主語―述語。意味的関係）。「なほ」2行前の「さすがに」参照。「深し」に係る。「然るべきにやおはしけむ」（1）＝「匂宮様の御宿縁が、然るべきものにやおはしけむ」、または（2）＝「匂宮様が、御宿縁によって然るべき御方にやおはしけむ」。「〜にあり」の構文。（1）はⅠ型。（2）は、（イ）Ⅰ型（「方」は人（匂宮）を敬う表現）とも、（ロ）次の型（「方」は方面・方位の意）とも取れる。即ち、「に」を［格助・状態マタハ地位］とも取れる（この場合「あり」には存在する意がある）。（ロ）の型の「〜にあり」の構文を、以後、「Ⅱ型」と記す。匂宮は、都の要人であり、将来帝になるかも知れない皇子。そうすると、宇治の山里にいる姫君達とはどうしても繋がらない。そこを繋ぐには御縁しかない。匂宮と宇治の姫君達の将来を見通した草子地。この段落、「に」多出。

［一二］薫、中納言に任じ、亡き父柏木を偲び、仏道に志す。

［原文］宰相の中将、その秋中納言になり給ひぬ。いとどにほひまさり給ふ。世のいとなみに添へても、思すこと多かり。いかなる事と、いぶせく思ひ渡りし年頃よりも、心苦しうて過ぎ給ひにけむいにしへざまの思ひやらるるに、罪軽くなり給ふばかり、行［おこなひ］もせまほしくなむ。かの老人［おいびと］をばあはれなるものに思ひおきて、いちじるきさまならず、とかくまぎらはしつつ、心よせとぶらひ給ふ。

［加筆原文］宰相の中将（薫）は、その秋中納言になり給ひぬ。薫は、いとどにほひ（威光・威勢・美しさ）がまさり給ふ。薫は、世のいとなみ（公的な用事）に［格助・作用の対象］添へ［自動・下二］て（以外に）も、思すことが多かり。（薫は）、（御自分（薫）が橋姫の巻で事情・真相をお知りになってしまった現在は）、（「私（薫）の出生に纏（まつ）わるのはいかなる事［ならむ］」と、御自分がいぶせく（様子が分からないで気掛かりだ・うっとうしい・気が晴れない）思ひ渡りし今までの年頃を御自分が「思ひやらるる」より［格助・比較の基準］も）、（実の父君（柏木）が心苦しうて過ぎ（死ぬ）給ひにけむいにしへざま（昔のこと）の（を）思ひやらるるに（［思ひやらる（助動・自発）。かかるに（接助・順接）］）、薫は、実の父君（柏木）の罪が軽くなり給ふばかり、御自分（薫）の行をもせまほしくなむ［思す］。（薫は）、（かの老人（弁の君）を

ばあはれなる（しみじみ不憫だ・何か深い縁がある・健気だ・殊勝だ）もの（者）に思ひおき［給ひ］て）、（いちじるき［心よせとぶらふ］さまならず、即ち［心よせとぶらふ］をとかくまぎらはしつつ（１）［接助・同時に二つの動作が行われることを表す］（～ながら）、または（２）［接助・その動作（［まぎらはして、心よせとぶらふ］）が繰り返し行われることを表す］（～てはまた～して・繰り返し～して））、（弁の君に）（御自分（薫）の心を）よせ［給ひ］、（弁の君をとぶら［訪］ひ給ふ）。

［備考］「心苦しうて過ぎ給ひにけむ」主語は柏木。系図、および段落［四］［備考］中の最後のなお書き以下参照。「いにしへざまの思ひやらるるに」「の～る」の構文。「思ひやる」１行前の「思ひ渡る」参照。「かの老人をば…心よせとぶらひ給ふ」「思ひおく」「おく」［一一］に既出。「とかくまぎらはしつつ」薫らしい所。秘事（薫の出生に関わること）を知る弁の君の口封じのためにも、薫の宇治行きが繰り返されるか。

［一三］薫、宇治の八の宮を訪問する。八の宮、姫君達のことを依頼。

［原文］宇治に詣［まう］でで久しうなりにけるを、思ひ出でて参り給へり。七月ばかりになりにけり。都にはまだ入りたたぬ秋のけしきを、音羽の山近く、風の音［おと］

もいと冷［ひや］やかに、槙［まき］の山辺［やまべ］もわづかに色づきて、なほ、尋ね来たるに、をかしうめづらしう覚［おぼ］ゆるを、宮はまいて、例よりも待ちよろこび聞え給ひて、この度［たび］は心細げなる物語、いと多く申し給ふ。八宮「亡［な］からむ後、この君達をさるべきもののたよりにもとぶらひ、思ひ棄てぬものに数まへ給へ」などおもむけつつ聞え給へば、薫「一言［ひとこと］にてもうけたまはりおきてしかば、さらに思う給へおこたるまじくなむ。世の中に心をとどめじと、はぶき侍る身にて、何事もたのもしげなき生先［おいさき］の少さになむ侍れど、さる方［かた］にてもめぐらひ侍らむかぎりは、変らぬ志を御らんじ知らせむとなむ、思う給ふる」など聞え給へば、いとうれしとおぼいたり。

［加筆原文］薫は、宇治の八の宮山荘に詣でで久しうなりにけるを［格助・動作の対象］（、）思ひ出でて、宇治の八の宮山荘に参り給へり。七月ばかりになりにけり。（薫は）、（都にはまだ入りたたぬ宇治の秋のけしきを［格助・動作の対象］）、（音羽の山が薫に近く、風の音がもいと冷やかに、槙の山辺がもわづかに色づきて［接助・状態］）、（なほ［副］（また・再び））（、）尋ね来たるに［接助・後文の起こったときの状況］（～と）、（「秋のけしきを」）（をかしうめづらしう）覚ゆる［他動・自発。［備考］参照］（自然に思う・

思われる）を（［覚ゆ。（さるを（接助・後文の前提）］））、（宮（八の宮）は）、（まいて［副］（薫に増して）、薫の訪れを例よりも待ちよろこび聞え［補動］給ひて）、（この度は［係助・区別］、心細げなる物語を（、）いと多く薫に申し給ふ）。（八宮は）、（「私（八の宮）が亡からむ後、あなた様（薫）は、この君達（姫君達）をさる（［とぶらふ］）べき［助動・適当、マタハ助動・当然］もののたより（機会）にもとぶらひ（訪問する）、姫君達を思ひ棄てぬもの（者）に数まへ給へ」など）、（そ（［この君達］）の方に「物語」をおもむけ（向ける）つつ（ながら））（薫に）聞え［自動］給へば（［聞え給ふ。（されば］））、（薫は）、「（私（薫）は）、（あなた様（八の宮）の意向を一言にて（［によりて］）も（1）［係助・極端な場合の例示］（（一言であってで）さえも）、（2）［係助・添加列挙］（（多言ではもとよりのこと、一言でで）も）、または（3）［間助・感動詠嘆］（（一言で）まあ）私があなた様からうけたまはりおきてしか［連語・完了の意を確かめ強める］（～てしまった・～た）ば［接助・順接］）、（あなた様の意向を、マタハ姫君達を）、（さらに（決して（～ない））思う給へ［補助下二・謙譲］おこたるまじくなむ。（私が「われ世の中に心をとどめじ」と、あれこれをマタハ係累をはぶき侍る身（（1）自分・自分自身、または（2）身の上）にて（［身に侍れど］））、そして（何事がも私にとってたのもしげなき私の生先の少さになむ私が侍れど)〜、(さる(「何事もたのもしげなき生先の少さになむ侍る」)方にて(「にありて」)も〔係助・極端な場合の例示〕(そういう方面・有様・状態にあって)さえも)、私がめぐ〔廻〕らひ(生きる)侍らむかぎりは)、(「私は、橋姫の巻で確約した時と変らぬ私の志を、姫君達にマタハあなた様(八の宮)に御らんじ知らせ〔助動・使役〕む」となむ)、(私は)思う給ふる」など)、(八の宮に)聞え〔自動〕給へば(「聞え給ふ。されば」)、八の宮は、「私(八の宮)はいとうれし」とおぼいたり。

〔備考〕「宇治に詣でで久しうなりにけるを」「詣づ」「まゐづ〔参出〕」〔自動下二〕の音便。薫は、二月下旬に八の宮を訪ねて以来訪問していない(〔一〕、〔六〕参照)。「参り給へり」「詣づ」(同行)参照。「都にはまだ入りたたぬ秋のけしきを…この度は心細げなる物語、いと多く申し給ふ」「秋のけしきを」「尋ね来」および「覚ゆ」に係る。「音羽の山近く、風の音もいと冷やかに」音羽の山は宇治への順路からは遙かに東に逸(そ)れるので「音羽の山近く」と暈(ぼ)かして道行きの景物として入れ、同音を含む「風の音」を導く。韻(いん)を踏む措辞(そじ。文章の言葉の使い方、組み立て方)。「なほ、尋ね来たるに、をかしうめづらしう覚ゆるを」「尋ね来たる」と「覚ゆる」(主語はともに薫）に尊敬語がない（同行の「聞え」と1行後の「申し」は、八の宮の薫に対する謙譲語）。「をかしうめづらしう覚ゆるを」「覚ゆ」「おも［思］はゆ」の転。この「覚ゆ」の文法的事項を、（1）「おもはゆ」の「おもは」が［他動四］であることと、（2）「おもはゆ」の「ゆ」が上代の［助動下二］で、意味の分類が［自発］であることとから、加筆原文の中で、「他動・自発」とのみ記した。後出のこの「覚ゆ」に対しても、この通り記す。また、後出の、これでない「覚ゆ」に対しては、（1）「おもは」の品詞の［他動］と［自動］の別、および（2）「ゆ」の意味の分類の［自発］と［可能］と［受身］の別により、この「他動・自発」に倣って、「自動・自発」、「他動・可能」、「自動・可能」、「他動・受身」と記す。「この度は」「申し給ふ」に係る。「心細げなる物語」「もの心細し」［二二］参照。近々の死を予感している趣。「この君達をさるべきもののたよりにもとぶらひ、思ひ棄てぬものに数まへ給へ」経済的にも精神的にも姫君達を庇（かば）ってやってほしい、つまり結婚してやってほしい、ということ。薫は、「見ゆるされぬべき際の人の、真心にうしろみ聞えむ、など、思ひ聞ゆる」（［一一］）の一番の候補者になるはず。ところが、八の宮と薫は仏道修行の友達（「法（のり）の友」）として付き合っていて（橋姫の巻）、結婚という世俗の事をお願いするのは甚だ筋違い。そこで、八の宮は、非常に回りくどく一般的な言い方でお願いせざるを得ない。そのため、姫君達の結婚問題が曖昧になっている。「一言にてもうけたまはりおきてしかば…変らぬ志を御らんじ知らせむとなむ、思う給ふる」など聞え給へば」「うけたまはりおく」「おく」〔一二〕、〔一一二〕に既出。「てしか」「て」〔助動・完了・連用形〕＋「しか」〔助動・過去・已然形〕。「世の中に心をとどめじと、はぶき侍る身にて、何事もたのもしげなき生先の少さになむ侍れど」「はぶき侍る身」（1）「「身」（自分・自分自身）が「はぶき侍り」」（述語―主語。意味的関係）、または（2）「「はぶき侍り」という「身」（身の上）」（同格。意味的関係）。「何事もたのもしげなき生先の少さ」「「生先の少さ」のために「何事もたのもしげなし」」（結果―原因。意味的関係）。「はぶき侍る身にて、…たのもしげなき生先の少さに侍り」「身にあり」と「少さにあり」との二つの「〜にあり」の構文が結び付いた重文。「身にあり」はⅠ型（「身」が自分・自分自身の意の場合）またはⅡ型（「身」が身の上の意の場合）の構文。「少さに侍る」はⅡ型の構文。薫は、経済的・社会的に無力だとする。薫の謙遜の弁。「さる方にても」「めぐらひ侍らむ」に係る。「御らんじ知らせむとなむ」「と」「変らぬ志を御らんじ知らせむ」を受ける。薫の答えは実に見事で爽やかであるけれども、「変わらぬ志」では、八の宮の「おもむけつつ聞え給へば」と同様に、姫君達との結婚問題を抜きにしている。

［一四］八の宮、薫に向い、昔物語に託して姫君達の身の上を憂える。

［原文］夜深き月のあきらかにさし出でて、山の端［は］近き心地するに、念誦［ねんず］いとあはれにし給ひて、昔物語し給ふ。八宮「この頃の世はいかがなりにたらむ。宮中［くぢゅう］などにて、かやうなる秋の月に、御前［おまへ］の御遊びの折にさぶらひあひたる中［なか］に、物の上手と覚しきかぎり、とりどりにうち合はせたる拍子など、ことごとしきよりも、よしありとおぼえある女御更衣の御局々の、おのがじしはいどましく思ひ、うはべの情［なさけ］をかはすべかめるに、夜深き程の人の気［け］しめりぬるに、心やましくかい調べ、ほのかにほころび出でたる物の音［ね］など、聞きどころあるが多かりしかな。何ごとにも、女はもてあそびのつまにしつべく、ものはかなきものから、人の心を動かすくさはひになむあるべき。されば罪の深きにやあらむ、子の道の闇を思ひやるにも、男［をのこ］はいとしも親の心をみださずやあらむ。女は、かぎりありて、いふかひなき方［かた］に思ひ棄つべきにも、なほいと心苦しかるべき」など、大方のことにつけてのたまへる、いかが然［さ］おぼさざらむ、と、心苦しく思

ひやらるる御心の中［うち］なり。

［加筆原文］夜深き頃の月の（が）雲間からあきらかにさし出でて、山の端が「月」に近き（「近し」という）八の宮の心地がするに［格助・時、マタハ接助・順接］、御自分（八の宮）は、死期が近い御自分を［山の端近き月］に譬えられて念誦をいとあはれにし給ひて（～てから）、薫に昔物語をし給ふ。八宮は、「この頃の世（都）はいかがなりにたらむ。［（宮中などにて）、（かやうなる秋の月に［格助・時］（の折に）、帝の御前の御遊びの折にさぶらひあひたる中に、「物の上手」と覚しき［形シクの連体形］かぎりが、とりどりに（それぞれ思い思いの楽器で）うち合はせたる）拍子などで、ことごとしき（大掛かりだ・仰山だ・物々しい）「拍子など」によりも、（「よし［由］（情趣・風流心）あり」とおぼ［覚］え（よい評判）のある女御更衣の御局々の「物の音など」に）、即ち（「女御更衣」が、おのがじしは、平生、いどましく思ひ、うはべの情をかはすべか［助動・有る程度確実な現在の推定・推量］（きっと～ているのだろう）めるに［接助・逆接］（～のに）、夜深き程の（で）人の気がしめり（落ち着く）ぬる「程」に、心やましく（不愉快だ・不満だ）か［掻］い調べ（［かい調べたる物の音などに］）、そして（ほのかにほころ［綻］び（漏れる）出でたる物（琴（こと））の音などに）、（私

（八の宮）にとっての聞きどころが）ある］のが多かりし［助動・過去］かな。（何ごとにも）、（男が「女」をもてあそびのつま［端］（手がかり・頼り・相手）にしつべく［助動・実現する事柄の予想］（～しそうだ）、「女」がものはかなきものから［接助・逆接］）、（人の心を動かす（動揺させる・揉ませる）くさはひ［種］（種・原因）になむ）あるべき［助動・有る程度確実な現在の推定・推量］（きっと～のだろう）。されば、「女」の罪の［格助・主語］（が）深きにや［係助・問いかけ］（か）あらむ（、）。（子の（子を思うという方面の）道の、迷うような闇を思ひやる（思いを馳せる・想起する）に［接助・後文に先行する事柄］（～と・～したところが）も）、（男の「子」は）（いとしも（それほどは・大して・あまり））（親の心を）みださずや［係助・問いかけ］（か）あらむ。（女の「子」は）、［（かぎり（大運があるための、運命の限度）が「女」にありて［接助・理由］）、（「女」を）、（「親」がいふかひがなき方に［助動・存在・連用形」（［方（方面）なり（～にある）］」と））、（「親」が）思ひ棄つ（見捨てる・諦める）べき［助動・必要、マタハ助動・意志］に［格助・時］も［係助］（でさえも・でも）］、（「親」が）（「女」を）「思ひ棄」てられなくて］、（なほ）（「親」にとって）（いと）心苦しかるべき［助動・有る程度確実な現在の推定・推量］（きっと～だろう）［連体止め」」など、大方のことにつけて薫にのたまへる（「のたまへり。かかる（「大方のことにつけてのたまへる」）を（接助・逆接）」）、「八の宮様は、姫君達についても、いかが［反語］然（「何ごとにも、女は…なほいと心苦しかるべき」）おぼさざらむ」（、）と、薫が自分（薫）にとって心苦しく思ひやらるる（助動・自発）八の宮の御心の中なり。

［備考］「この頃の世は……なほいと心苦しかるべき」八の宮の長い会話文（10行）。「宮中などにて、かやうなる秋の月に……聞きどころあるが多かりしかな」文構造が複雑な長文（6行）。赤書きは、次の［Ⅰ］～［Ⅳ］のことを示す。即ち、［Ⅰ］（1）「宮中などにて」、（2）「かやうなる秋の月に、御前の御遊びの折にさぶらひあひたる中に、物の上手と覚しきかぎり、とりどりにうち合はせたる拍子など、ことごとしきよりも」、（3）「よしありとおぼえある女御更衣の御局々の、おのがじしはいどましく思ひ、うはべの情をかはすべかめるに、夜深き程の人の気しめりぬるに、心やましくかい調べ、ほのかにほころび出でたる物の音など」、および（4）「聞きどころ」が、いずれも「ある」に係ること、また［Ⅱ］前記［Ⅰ］（2）において、「かやうなる秋の月に、御前の御遊びの折にさぶらひあひたる中に、物の上手と覚しきかぎり、とりどりにうち合はせたる」が「拍子など」に係ること、さらに［Ⅲ］前記［Ⅰ］（3）において、「よしありとおぼ

えある女御更衣の御局々の」が、「おのがじしはいどましく思ひ、うはべの情をかはすべかめるに、夜深き程の人の気しめりぬるに、心やましくかい調べ、ほのかにほころび出でたる」と並列して、2行後の「物の音など」に係ること、そして［Ⅳ］前記［Ⅰ］（3）において、「かい調べ」が「ほころび出で」と並列する（中止法）ことを示す。前記［Ⅰ］（2）において、（イ）「かやうなる秋の月に、御前の御遊びの折にさぶらひあひたる中に」、（ロ）「物の上手と覚しきかぎり」、および（ハ）「とりどりに」が、いずれも「うち合はせたる」に係り、前記［Ⅰ］（3）において、「おのがじしはいどましく思ひ、うはべの情をかはすべかめるに」と「夜深き程の人の気しめりぬるに」と「心やましく」とが、「かい調べ」に係る。「よしありと…うはべの情をかはすべかめるに」八の宮は、まだ宮中にいた若い日、後宮の女性達の心理を見抜いていた。「心やましくかい調べ、ほのかにほころび出でたる物の音など」（1）「恨み辛みが「物の音」になって（に籠もって）「ほころび出づ」」、または（2）「「物の音」が「女御更衣の御局々」から「ほころび出づ」」（意味的関係）。「聞きどころある」若き日の八の宮は、そんなものを聞いて楽しんでいた。「何ごとにも、女は」また、一般論になってくる。「人の心を動かすくさはひになむあるべき」「「女」は、「くさはひにあり」。Ⅰ型の「〜にあり」の構文。

女性は、非常に気になるもの（八の宮の婦人感）。「罪の深きにやあらむ」「罪の深きにあり」（1）＝「罪の（が）、深き［もの］にあり（［なり］）」、または（2）＝「罪の（が）深き状態アルイハ地位にあり」。（1）はⅠ型の、（2）はⅡ型の「～にあり」の構文。当時、女の人は成仏できない、という言い方もされていた。女性は、親も男も気を揉まねばならない存在と言うこと。「女の身はみなおなじ罪深きもとゐぞかし」（若菜下の巻での光源氏の言）に類似。「子の道の闇」「人の親の心は闇にあらねども子を思ふ道にまどひぬるかな」（後撰、雑一、藤原兼輔）参照。「大方のことにつけてのたまへる、いかが然おぼさざらむ、と、心苦しく思ひやらるる御心の中なり」この短い2行において、八の宮の会話文→薫の心内文→地の文に変わる。「思ひやる」主語は薫。尊敬語が付いていない。目的語は、「大方のことにつけてのたまへる」ではなくて、「御心の中」。

［一五］八の宮、薫の懇望により姫君に弾琴を勧める。

［原文］薫「すべてまことに、しか思う給へ棄てたるけにや侍らむ、みづからの事にては、いかにもいかにも深う思ひ知る方［かた］の侍らぬを、げにはかなき事なれど、声にめづる心こそ、そむき難きことに侍りけれ。さかしう聖だつ迦葉［かせう］も、され

ばや、立ちて舞ひ侍りけむ」など聞えて、飽かず一こゑ聞きし御琴［こと］の音［ね］を、せちにゆかしがり給へば、うとうとしからぬはじめにもとや思すらむ、御みづからあなたに入り給ひて、せちにそそのかし聞え給ふ。箏［さう］の琴［こと］をぞいとほのかに、かきならして止［や］み給ひぬる。いとど、人のけはひも絶えて、あはれなる空のけしき、所のさまに、わざとなき御遊びの心に入りて、をかしう覚ゆれど、うちとけて、いかでかは弾きあはせ給はむ。

［加筆原文］（薫は）、（「（私（薫）が、（1）現世・この世・俗界のことを、または（2）現世の執着をすべて［副］まことに、しか｛［世の中に心をとどめじと］（［二三］）｝思う給へ棄てたるけ（為・所為）にや侍らむ）、（みづからの事にて（［において］）は）、（いかにもいかにも（何一つとして、マタハどのような意味でも））、（私が深う思ひ知る方（点・方面・学芸・技能）の（は））侍らぬを（［侍らず。（さるを（接助・逆接））］）、（私が［声にめづ］ということがも）、（また）、（あなた様（八の宮）が先程「女」について仰しゃったのと同様に、げに（成る程）はかなき事なれど）、［｛（声（楽器や自然物の音）にめ［愛］づる［自動下二］（心を引かれる）私の心こそ（［にこそ］））（、）（私が）そむき（反対に向く）難きこと（［難し］｝、ということ）に］侍りけれ。さかしう

聖だつ迦葉はも、さればや、座から立ちて舞ひ侍り［丁寧語］けむ」など八の宮に聞え（［聞え（自動）給ひ］）て）、（御自分（薫）が飽かず一こゑを聞きしのと同様な姫君達マタハ大君の御琴の音を（、）せちに（一生懸命だ・極力だ）ゆかしがり給へば（［ゆかしがり給ふ］）。（されば］））、（八の宮は）、{（［姫君達が薫にうとうとしから（いかにも余所余所しい・疎遠だ）ぬことのはじめにも［ならむ、マタハせむ］」とや御自分（八の宮）が思すらむ）、御みづからあなた（姫君達のお部屋）に入り給ひて}、（姫君達に合奏をせちにそそのかし聞え［補動］給ふ）。（1）姫君達、（2）大君、または（3）中の君は、箏の琴をぞいとほのかに（、）かきならして止み（止める）給ひぬる。{（いとど、人のけはひがも絶えて（、）あはれなる（しみじみと胸を打つ・もの悲しい））空のけしきや、宇治の山里という所のさまに［格助・原因理由］}、（薫は）、（わざとなき（殊更にしたようではない）御遊び（楽器を奏でること）の（を））、（心に入り（身・心に染みる・気に入る）て（、）をかしう（［心に入りてをかし、と］））覚ゆれど（［覚ゆ（他動・自発）。されど］）、姫君達は、うちとけて、いかでかは［反語］弾きあはせ給はむ。

［備考］「すべてまことに、しか思う給へ棄てたるけにや侍らむ」挿入句。「侍らむ」の主語は、「深う思ひ知る方の侍らぬ」こと。Ｉ型の「～にあり」の構文。「いかにもいか

にも」「侍らず」に係る。加筆原文はこれ。加筆原文とは違って、どのようなことども、の意で、「思ひ知る」に係る、とも取れる。「声にめづる心こそ、そむき難きことに侍りけれ」「私が「声にめづる」ことが、声にめづる心にそむき難きことなりけり」の係り結び・謙譲形。Ⅰ型の「～にあり」の構文。「よしありとおぼえある女御更衣の御局々の…夜深き程の人の気しめりぬるに…聞きどころあるが多かりしかな」（［一四］）を受けて、薫は、「自分は音楽に人一倍の愛好心を持っている。自分の音楽好きはどうにもならない」と言いたい。薫は、実父・柏木が音楽の名手で、実祖父・到仕の大臣が和琴・笛の名手という血筋に当たっている。姫君への関心から、この話題に転ずる。「さかしう聖だつ迦葉も、さればや、立ちて舞ひ侍りけむ」薫は、自分の音楽好きが止むを得ないことに、迦葉の故事（大樹緊那羅経）を援用。「迦葉」釈迦の十大弟子の一人で、頭陀（ずだ）第一（乞食（こつじき））修行の第一人者）といわれた、謹厳な尊者。音楽の名人・神であり、八部衆の一である緊那羅（きんなら）という人が、八万四千音楽を奏したときに、音楽のすばらしさが余りに感に堪えなくて、威儀を忘れて踊り出た、という故事。「飽かず一こゑ聞きし御琴の音」「「御琴の音」の「一こゑ」を「飽かず」「聞き」き」（意味的関係）。「うとうとしからぬはじめにもとや思すらむ…せちにそそのかし聞え給ふ」姫君達を薫と仲良くさせたい八の宮の気持ちが、よく表れている。自分の亡き後を考えた八の宮の配慮。姫君達の将来を薫に託す気持。「おもむけつつ聞え」(［一三］)た八の宮の意中が具体的に表れている。「箏の琴をぞいとほのかに、かきならして止み給ひぬる」父・八の宮の命令だから止むなく「かきならし」たが、恥ずかしいから「止み」た。達(たっ)ての八の宮の勧めに応えた趣。「いとど、人のけはひも絶えて、あはれなる空のけしき、所のさまに」「いとど」「絶え」マタハ「あはれなる」に係る。「人のけはひも絶えて」「あはれなる」「空のけしき」マタハ「空のけしき、所のさま」に係る。「わざとなき御遊びの心に入りて、をかしう覚ゆれど」「の〜覚ゆ」の構文。「覚ゆ」主語は薫。尊敬語が付いていない。「うちとけて、いかでかは弾きあはせ給はむ」薫ともあろう人が聞いているから。薫は、また、ほんのちょっとしか聞けなかった。

［一六］八の宮、薫に依頼して退席しようとする。薫、援助を誓う。

［原文］八宮「おのづからかばかりならしそめつる残りは、世籠［よごも］れるどちにゆづり聞えてむ」とて、宮は仏の御前に入り給ひぬ。八宮「

われ亡くて草のいほりは荒れぬともこのひとことはかれじとぞ思ふ

かかる対面［たいめん］もこのたびや限りならむ、と、もの心細きに、しのびかねて、かたくなしきひが言多くもなりぬるかな」とて、うち泣き給ふ。客人［まらうど］、

薫「いかならむ世にかかれせむ長きよのちぎりむすべる草のいほりは

相撲［すまひ］など、おほやけ事［ごと］どもまぎれ侍るころ過ぎて、さぶらはむ」などきこえ給ふ。

［加筆原文］（八宮「（おのづから）、（私（八の宮）がかばかり［箏の琴をぞいとほのかにかきならさせて］姫君達をあなた（薫）にならしそめつる残り（後のこと）をは）、（世籠れ（生い先が長い・春秋に富む・年が若い）るどち（同士・仲間）に）、（私は）ゆづり聞え［補動］てむ［助動・話者の意志希望］」とて）、（宮（八の宮）は）（仏の御前（仏間・持仏堂）に）入り給ひぬ。（八の宮は）、（「

われ（八の宮）が亡くて草のいほりは荒れぬ［助動・完了・終止形］とも「このひとことはかれじ」とぞ「われ」は思ふ

（（「かかるあなた（薫）との私の対面はもこのたびがや限り（最後）ならむ」（、）と、私がもの心細きに［格助・動作の対象］）（、）しの［忍］び［自動上二・四］（堪（た）

える）かねて、（かたくな［頑］しき（愚かしい・気が利かない・物分かりの悪い）私私のひが［僻］言（言わでものこと・繰り言・愚痴・偏屈で間違った言葉）が）なりぬるかな」とて）、うち泣き給ふ。（客人（薫）は）、（多くも）

薫「

いかならむ世（未来）にか［反語］かれをせむ、長きよのちぎ［契］り（契約・約束）をむす［結］べ［他動四］（契る・約束する・構え作る・編み作る）る草のいほりは［備考］参照」

（相撲（［相撲の節］）などの［同格］（、）おほやけ事どもで私（薫）がまぎれ（忙しくなる）侍る）ころが過ぎて、（私は）（こちら（宇治の八の宮邸）に）さぶらは［来る意の謙譲語］む［助動・話者の意志・希望］」など）、（［仏の御前に入り給はむ］八の宮に）きこえ［自動］給ふ。

［備考］「われ亡くて草のいほりは荒れぬともこのひとことはかれじとぞ思ふ」「こと」「琴」と「言」の掛詞。「かる」「離る」（絶える）と「枯る」の掛詞で、「草」の縁語。私が亡くなったら、その後、草の庵のようなこの私の山荘は荒れ果ててしまうだろう、たとえそうなっても、この一言は、即ち（1）［いとほのかにかきならして止みぬる箏

の琴」（［一五］）の一琴や、（2）「さる方にてもめぐらひ侍らむかぎりは…御らんじ知らせてむ」（［一三］）の、姫君達の後見・援助・面倒・世話を約束したあなたの一言は、草や木が枯れるように絶える・無になることはあるまい、と、私は思う。姫君達の将来を八の宮が薫に託す歌。「もの心細きに」「しのび［自動］（堪（た）える）かね」に係る。加筆原文はこれ。加筆原文とは違って、「に」を［接助・順接］として、1行後の「なりぬる」に係る（「もの心細き」を「しのび［他動］（堪（こら）える）かね」）、とも取れる。「かたくなしきひが言多くもなりぬるかな」姫君達の将来に拘りすぎた自分（八の宮）の態度は、法の友たる薫に対してあるべからざる見苦しい姿であったはず。仏道者として恥じる気持ち。「いかならむ世にかかれせむ長きよのちぎりむすべる草のいほりは」「かれ」「離れ」（「離る」（絶える）の連用形の転）と「枯れ」（「枯る」の連用形の転）の掛詞で、「草」の縁語。「長きよのちぎりむすべる草のいほり」「長きよのちぎり」「よ」「夜」と「世」の掛詞。「長きよ［夜］」に「長きよ［世］」を「ちぎる」（意味的関係）。あなた様（八の宮）が構え作っていて、また、夜長の今夜に末永くと私（薫）があなた様に約束した、そしてあなた様が草の庵と仰しゃるこの山荘。（1）＝「いかならむ世にか私（薫）はかれをせむ（（イ）草や木を枯れさせるようにご無沙汰しようか、あるいは（ロ）見捨てようか、そのようなことはしない）、長きよのちぎりをむすべる草のいほりは（（イ）［には（係助・他との区別）］（には）、あるいは（ロ）［をは（係助・他との区別）］（をは））」、または（２）＝「いかならむ世にか夜長の今夜に末永くと私（薫）があなた様（八の宮）にした「長きよのちぎり」に草や木を枯れさせるようにかれをせむ｛約束から私が遠ざかろうか（約束を違えようか）｝、そのようなことはしない、長きよのちぎりをむすべる草のいほりは｛（イ）［終助・感動詠嘆］（よ）、あるいは（ロ）［係助・主題］（は（「荒れぬとも」））｝」。薫は、［一三］に続いて、歌（返歌）によっても後見を約束したことになる。「相撲」「相撲の節［せち］」は、七月下旬に行われる。

［一七］薫、姫君達と語る。匂宮の性格と比較して反省する。

［原文］こなたにて、かの問はず語りのふる人召し出でて、残り多かる物語などせさせ給ふ。入り方［がた］の月は隈［くま］なくさし入りて、すき影なまめかしきに、君達も奥まりておはす。世の常の懸想びてはあらず、心深う物語のどやかに聞えつつものし給へば、さるべき御いらへなど聞え給ふ。三宮いとゆかしう思［おぼ］いたるものを、と、心の中［うち］には思ひ出でつつ、わが心ながら、なほ人には異［こと］なりかし、さ

ばかり御心もてゆるい給ふ事の、さしもいそがれぬよ、もて離れて、はたあるまじき事とはさすがに覚えず、かやうにて物をも聞えかはし、をりふしの花紅葉につけて、あはれをも情［なさけ］をもかよはすに、にくからずものし給ふあたりなれば、宿世［すくせ］ことにて、外［ほか］ざまにもなり給はむは、さすがにくちをしかるべく、領［りゃう］じたる心地しけり。

［加筆原文］薫は、八の宮がいなくなったこなたにて（［において］）、かの問はず語り（人が聞きもしないのに、自分から喋り出すこと）のふる人（弁の君）を召し出でて、残り（聞き残り）が多かる物語などを弁の君にせさせ［助動・使役］給ふ。入り方（西に入ろうとする頃）の月の光は室内に隈なく（影・暗い所がない）さし入りて、すき影（物（御簾）越しに透いて見える薫の、弁の君の、マタハ人の姿）がなまめかしきに［接助・順接マタハ逆接］、君達（姫君達）はも奥まりておはす。薫が世の常の［格助・比喩的に下の用言を修飾］（～のように）懸想びてはあらず、心深う物語をのどやかに弁の君を介して姫君達に聞え［他動］（申し上げる）つつ［接助・繰り返しの動作マタハ二つの同時の動作］ものし給へば、姫君達はさるべき御いらへなどを弁の君を介して薫に聞え［他動］（申し上げる）給ふ。（薫は）、｛（「三宮（匂宮）が姫君達をいとゆかしう思い

たるものを［接助・逆接］（、と）、（自分（薫）が）（心の中には）思ひ出でつつ［接助・二つの同時の動作］、（わが心ながら）、（「私（薫）は、なほ（やはり）人（普通・並の男（匂宮を含む））には異なりかし（、）。（八の宮様がさばかり御自身の御心もて（御心から）ゆるい［許し］給ふ事（自分（薫）と姫君達との結婚）の（を））、（私は）、（さしも）いそ［急］が（早く事を終えようとする）れ［助動・可能］ぬ［助動・打消・連体形］よ［終助・詠嘆］」［と］覚ゆ。（されど」）、（薫は）、（「（姫君達の結婚・婚姻・縁組がもて離れ［自動下二］（（私と）関係がない）て（［もて離るる事にて］）、（はた（それ（「さばかり御心もてゆるい給ふ事の、さしもいそがれぬよ」）はそれとして・そう（同上）とはいっても）、私と姫君達の結婚・婚姻・縁組があるまじき事［なり］）」とは）（さすがに（（1）［人に異なりて、いそがれず］とはいえ・とはいうものの、やはり、または（2）「思ひ出でつつ」も、やはり））、覚え［自動・可能］ず（［覚えず。（また」））、（薫は）、（「［（かやうにて（物越しに物を言うような、結婚などではない、清らかな親交関係で）私と姫君達とが互いに物をも聞え［他動］（申し上げる）かはし（し合う）、をりふしの花や紅葉につけて、私があはれ（しみじみとした感慨・心情）をも情（風情・情趣）をも姫君達にかよはす（届ける）に［格助・動作の対象、マタハ格助・時］）、（にくからず（好ましい・気が利いている、マタハ奥ゆかしい））ものし給ふ｝あたり（御方々（姫君達））なれ（である）ば］、｛（姫君達と私との宿世がこと［異］にて）、（姫君達が）（外ざま［ほか方］（私以外の男の妻）にも）なり給はむは｝、（さすがに（［人に異なりて、いそがれず］とはいえ・とはいうものの、やはり））くちをしかるべく（［くちをしかるべし］と）、覚ゆ。かかる程に］）、薫は、姫君達を領じたる（［領じ（自分のものとする・自分の手に入れる）たり］という）心地がしけり［助動・今まで意識しなかった目前の事実をはっきりと意識し、感嘆を込めて述べる］。

［備考］「こなた」薫は、今まで八の宮と話をしていた部屋にそのままいる。「残り多かる物語など」「「物語など」の「残り」が「多し」」（意味的関係）。「奥まりておはす」姫君達は、薫がそばにいることを意識している。「さるべき御いらへなど聞え給ふ」仲介者があるにしても、薫と姫君達二人との間には、会話が成り立つ。そういう信頼度は、十分に醸し出されてきている。「三宮いとゆかしう思いたるものを……領じたる心地しけり」7行の長文。（1）「さしもいそがれぬよ」の所と、（2）「あるまじき事とはさすがに覚えず」の所と、（3）「さすがにくちをしかるべく」（心内文。次が地の文）の所との3個所で、この文を分割して、4文とした。「大方のことにつけてのたまへる、い

かが然おぼさざらむ、と、心苦しく思ひやらるる御心の中なり」(〔一四〕)参照。「さばかり御心もてゆるい給ふ事の、さしもいそがれぬよ」「の、~る」の構文。「人には異なりかし」の面の他に、自分がいかに落ち着いた男であるかということを固守したい面もある。「もて離れて、はたあるまじき事とはさすがに覚えず」=「はた、もて離れてあるまじき事とはさすがに覚えず」。ここでは、「はた」と「さすがに」とが類義語。「にくからずものし給ふあたりなれば」薫は、姫君達を気に入ったとまでは十分に感じている。「領じたる心地しけり」姫君達、特に大君に対する、薫の深い関心が、仏道一途な謹厳な気持とは別に、このようにもたもたしながら、だんだん噴き出してくるだろう。

〔一八〕薫、匂宮、それぞれ宇治訪問を計画する。

〔原文〕まだ夜深き程に帰り給ひぬ。心細く残りなげに思〔おぼ〕いたりし御けしきを、思ひ出で聞え給ひつつ、さわがしき程過〔すぐ〕して参〔ま〕うでむ、と思す。兵部卿の宮も、この秋の程に紅葉見におはしまさむ、と、さるべきついでを思しめぐらす。御文は絶えず奉り給ふ。女は、まめやかに思すらむとも思ひ給はねば、わづらはしくもあらで、はかなきさまにもてなしつつ、折々に聞えかはし給ふ。

［加筆原文］薫は、まだ夜深き程に帰り給ひぬ。（薫は）、（（八の宮が心細くそして御自分（八の宮）の残り（余命）がなげに思いたりし御けしきを）、（御自分（薫）が）思ひ出で聞え［補動］給ひつつ、（（「私（薫）は、私にとってさわ［騒］がしき（事が多い・忙しい）程を過して八の宮邸に参うでむ」［直接話法］（、）と）、（［一六］で八の宮に「きこえ給ふ」際と同様に）思す。（兵部卿の宮（匂宮）はも）、（この秋の程に紅葉見［名詞］に［格助・目的］御自分（匂宮）がおはしまさむ［間接話法］、と（ということを思って・として））、（さるべきついでを）思しめぐらす。匂宮は、御文をは姫君達に絶えず奉り給ふ。（御返事する・お相手する女（中の君マタハ姫君達）は）、（（匂宮がマタハ匂宮様がまめやかに思すらむ［間接話法マタハ直接話法］とも思ひ給はねば）、（却って）気が楽で、わづらはしくもあらで、（はかなきさまにもてなしつつ）、（折々に）（匂宮と）（お手紙を）聞え［他動］（差し上げる）かはし給ふ。

［備考］「まだ夜深き程に帰り給ひぬ」「参り給へり」（［一三］）の時から、それ程長い時間が経過していない。「さわがしき程過して参うでむ」「相撲など、おほやけ事どもまぎれ侍るころ過ぎて、さぶらはむ」（［一六］）参照。「この秋の程に紅葉見におはしまさむ」直接話法と取ると、匂宮の自敬表現になる。「御文は絶えず奉り給ふ」「しるべなく

ても御文は常にありけり」（〔九〕）参照。「女」「女」と書かれてはいるが、中の君本人は、まだそこまで行っていない。中の君は、挨拶的な応答と既に割り切って、匂宮の相手になっている。「はかなきさまにもてなしつつ」「わざと懸想だちてももてなさじ」（〔九〕）参照。

〔一九〕八の宮、山寺参籠を決意し、姫君達に遺言する。

〔原文〕秋深くなり行くままに、宮はいみじうもの心細くおぼえ給ひければ、例の静かなる所にて、念仏をも紛れなうせむ、と思して、君達にもさるべきこと聞え給ふ。八宮「世の事として、つひの別れを、のがれぬわざなめれど、思ひなぐさまむ方［かた］ありてこそ、悲しさをもさますものなめれ。また見ゆづる人もなく、心細げなる御有様どもを、うち棄ててむがいみじきこと。されども、さばかりの事にさまたげられて、長き世の闇にさへ惑［まど］はむが益［やく］なさを。かつ見奉る程だに思ひ棄つる世を、去りなむうしろの事知るべきことにはあらねど、わが身ひとつにあらず、過ぎ給ひにし御面伏［おもてぶせ］に、軽々しき心どもつかひ給ふな。おぼろげのよすがならで、人の言［こと］にうちなびき、この山里をあくがれ給ふな。ただかう人に違［たが］ひたる契［ちぎ］り異なる身と思しなして、ここに世をつくしてむ、と思ひとり給へ。ひたぶるに思ひしなせば、ことにもあらず過ぎぬる年月なりけり。まして女は、さる方［かた］に堪へこもりて、いちじるしくいとほしげなる余所［よそ］のもどきを負はざらむなむよかるべき」などのたまふ。ともかくも身のならむやうまでは、思しも流されず、ただいかにしてか、おくれ奉りては、世に片時もながらふべき、と思すに、かく心細きさまの御あらましごとに、言ふ方なき御心まどひどもになむ。心の中［うち］にこそ思ひ棄て給ひつらめど、明暮御かたはらに習はい給うて、にはかに別れ給はむは、つらき心ならねど、げにうらめしかるべき御有様になむありける。

［加筆原文］秋が深くなり行くままに、宮（八の宮）は、いみじうもの心細くおぼえ［自動・自発］給ひければ（［おぼえ給ひけり。（されば］））、（八の宮は）、（「（私（八の宮）は）、（例の静かなる所（［かの阿闍梨の住む寺の堂］（橋姫の巻））にて）、（念仏をも）、（私の紛れがなう）せむ」（、）と思して）、（君達（姫君達）にもさるべきこと（然るべき教訓・山籠後や亡き後の事など、これからの心得・わが死後の注意など）を聞え［他動］（申し上げる）給ふ）。（八の宮は）、（「（死んでいく人は、世の事として、自分（死んでいく人）と後に残される人とのつひ［終］の別れ（死別）を（、）のがれ［自動下

二・未然形」（免れる）ぬ（「のがれず」）という）わざ「業（形名）」（こと・もの）なめれど（「のがれぬわざなめり。（されど」））、（死んでいく人は）、（自分（死んでいく人）が思ひなぐさまむ方（点、術（すべ）、マタハ人）がありてこそ）、（「つひの別れ」の悲しさをも）さます「覚ます」（晴らす・消す）もの（「さます」」というもの）なめれ。「（また「副」（私（八の宮）の他には）私（八の宮）があなた達（姫君達）の見をゆづる人がもなく）（、）心細げなる あなた達の御有様どもを（、）私がうち棄ててむ」ことが「格助・主語」（が）私にとっていみじき（大変だ・悲しい）こと「形名・感動」（ものだ）。（されど（「いみじけれ」）ども）、（さ（「見ゆづる人もなく、心細げなる御有様どもを、うち棄ててむ」）ばかりの事に私がさまたげられて）、（私が自分の死後に長き世（来世）の闇にさへ惑はむ）が（の）益なさ（不甲斐ない・つまらない・無益な状態）を「終助・詠嘆」。「（私があなた達をかつ（予め・既に、マタハ一方では）見奉る程（間で）だに私が思ひ棄つる「他動下二・連体形」世を「格助・起点出発点」（、）私が去り（離れる）なむ）時からのうしろ（未来）の事は 私が知るべきことにはあらねど」、（あなた達は）、（わが身（八の宮）ひとつの「面伏に」のみにあらず、過ぎ（死ぬ）給ひにし「北の方（八の宮の奥方）」の御面伏（不面目・面汚し）に「格助・結果」も（にもなるように)）、（軽々しきあなた達の心どもを）つかひ給ふな［終助・禁止］。（あなた達は）、（「人」がおぼろげの（［おぼろけならぬ（程度が普通でない・立派だ・しっかりしている）］）よすが（頼りになる相手）ならで［接助・逆接］）、（人の言に）うちなびき（［うちなびき給ふな。さりて］）、あなた達は、この山里をあくがれ［憧る・自動下二］（場所を離れて彷徨（さまよ）う）給ふな。あなた達は、ただ、「私達（姫君達）は、かう、世間並みに結婚する人に違ひたる「身」［名］（身の上）［なり］」と、そして「私達は、契り（前世からの約束・運命）が「人」と異なる身［代名］（自分達自身）［なり］」と思しなして（［思しなせ。さりて］）、あなた達は、「私達（姫君達）は、ここ（宇治の山荘）に世をつくし（一生を終える）てむ」（、）と思ひとり（決心する）給へ。私が自分の宇治の生活にひたぶるに（一途だ）思ひをしなせば（〜と）、私の宇治の生活が私にとってのこと［事］（一大事）にもあらず過ぎぬる年月なりけり。（まして）、（女であるあなた達は）、（さる方（方面（女）、マタハ所（山里））に［格助・状態、マタハ格助・場所］（女らしく、マタハ山里に）堪へこもりて（［堪へこもらむなむよかるべくて］）、（いちじるしくいとほしげなる（いかにもみっともない・自分達（姫君達）に対してかわいそうだ）、そして余所の（世間からの））もどき（批判・非難）を負はざらむがなむよかるべき〕」など）（姫君達に）のたまふ。（姫君達は）、（ともかくも（あのようにもこのようにも）身（自分達（姫君達）自身）の（が）ならむやうをまでは（、）思しも流さ（お思い及びになる）れ［助動・可能］ず）、そして（ただ、「私達（姫君達）は、いかにしてか、自分達（姫君達）が父上（八の宮）におくれ奉りては、世に片時もながらふべき［助動・可能］」（、）と思すに（［思す］）。［〔（かかるに（接助・順接）（～ので）］））、そして（かく心細きさまの［格助・状態］八の宮の御あらましごと（これから先についての推測）に［格助・原因理由］（～のために））〕、（私（語り手）が何かを言ふ［他動四］方（方法・手段）（が）なき］姫君達の御心まどひどもになむ［ある］。［〔（八の宮が御自分（八の宮）の心の中にこそ（1）世の中への執着を、（2）世を、または（3）姫君達への執着を思ひ棄て給ひつらめど、姫君達を明暮御自分の御かたはらに習はい（［習はし（習慣づける）］）給うて）、（八の宮が姫君達とにはかに別れ給はむ）は（［に（格助・時）は］）］、（それ（［にはかに別れ給はむ］）が八の宮のつらき（無慈悲だ・無情だ・冷酷だ）心からならねど）、〔（げに（（1）本当に・全く、または（2）（「ただいかにしてか、おくれ奉りては、世に片時もながらふべき、と思す」通り）成る程〕うらめしかるべき［助動・当然］）御有様（（1）悲しいはずの姫君達の御身の上、または（2）八の宮の死が姫君達には憎く思われるに違いない八の宮の御仕打ち）になむありける。

［備考］「いみじうもの心細し」「心細し」［一〇］、［一一］、［一三］、［一六］および［一八］と、八の宮の死期が近いことのキーワードとして多出。「思ひなぐさまむ方ありてこそ、悲しさをもさますものなめれ」八の宮は、薫と約束したことを、姫君達に言わない。「また」副詞（「なく」に係る。加筆原文はこれ）。接続詞（しかし、の意。「いみじきこと」に係る）とも取れる。「世を」「去る」に係る。「軽々しき心ども」具体的には人の言葉を軽々しく信用する心。浮気者に靡くような考え。「かう人に違ひたる契り異なる身」「「身」が「違ふ」」（述語―主語。意味的関係）。「「身」の「契り」が「異なり」」（意味的関係）。「ともかくも」「ならむ」に係る。「言ふ方なき御心まどひども」「「方」で「言ふ」」（述語―方法・手段。意味的関係）。「「御心まどひども」に対して「言ふ」「方」が「なし」」（意味的関係）。

［二〇］八の宮、参籠の前日、姫君達の将来につき、侍女等に訓戒する。

［原文］明日［あす］入り給はむとての日は、例ならずこなたかなたたたずみありき給

ひて見給ふ。いとものはかなく、かりそめの宿［やどり］にて過［すぐ］い給ひける御住［すまひ］の有様を、亡からむ後［のち］いかにしてかは、若き人の堪へ籠りては過い給はむ、と、涙ぐみつつ、念誦し給ふさま、いときよげなり。おとなびたる人々召し出でて、八宮「うしろやすく仕うまつれ。何事ももとよりかやすく、世にきこえあるまじき際［きは］の人は、末のおとろへも常の事にて、紛れぬべかめり。かかる際になりぬれば、人は何とも思はざらめど、くちをしうてさすらへむ、契りかたじけなく、いとほしき事なむ多かるべき。ものさびしく心細き世を経［ふ］るは、例のことなり。生れたる家の程、掟［おきて］のままにもてなしたらむなむ、聞き耳にも、わが心地にも、あやまちなくは覚ゆべき。にぎははしく人数［ひとかず］めかむと思ふとも、その心にもかなふまじきとならば、ゆめゆめ軽々しく、よからぬ方にもてなし聞ゆな」などのたまふ。

［加筆原文］（八の宮は）、（御自分（八の宮）が明日「例の静かなる所」（［一九］）に入り給はむとて［格助・目的］（として・ということで）の（御自分の山荘におられる）日は（［には］））、（例ならず）、（こなたかなた［代名］を）たたずみありき給ひて見給ふ。（八の宮がいとものはかなく、かりそめの宿にて過い［自動四］（過ごす）給ひける程の

御自分（八の宮）の御住の有様を（［有様なるを（接助・逆接）］）、（［私（八の宮）が亡からむ後、いかにしてかは［係助・反語マタハ疑問］、若き人（姫君達）の（が）、この山荘に堪へ籠りては過い給はむ」（、）と、八の宮が涙ぐみつつ（、）念誦し給ふさまは）、（いと）きよげなり。（八の宮は）、（おとなびたる人々（女房達）を召し出でて）、｛（八宮「あなた達（［おとなびたる人々］）は、うしろやすく（私（八の宮）が山寺に入った後のことに、姫君達がマタハ私が安心なように）姫君達に仕うまつれ。［｛（何事も（［に（格助・範囲）も］）もとよりかやすく（身軽だ・身分が軽い））、そして（世にきこえ（噂・取り沙汰）があるまじき［助動・当然］）｝際（身分）の人は（［に（格助・範囲）は］）］、（末（子孫・後裔（えい））のおとろへがも）、常［つね］（平常・普通）の事にて（であって）、紛れ［自動下二］（隠れる・目立たない）ぬ［助動・完了・終止形］べかめり（〜しそうにみえる）。（しかし）、（人がかかる皇族の際になりぬれば（〜と））、（皇族以外の人（他人）は「くちをしうてさすらへむ」を何とも思はざらめど）、（皇族の人がくちをしう（情けない有様だ・惨めな有様だ）て［接助・状態］さすらへ（彷徨（さまよ）う・零落（おちぶ）れる）む［は（には）］（ときには））、｛（皇族という契りが自分（皇族の人）にとってかたじけなく（［かたじけなかる（面目ない）べく］））、そして

（自分にとっていとほしき（苦痛だ・辛い・心苦しい）事がなむ多かるべき［助動・推量］）｝。皇族の人がものさびしく心細き世（生涯・一生）を［格助・持続する時間］経る［自動下二］は、例のことなり。（皇族の人は）、（自分（皇族の人）が生れたる家の程（格）や（、）掟（規則・規律）のままに自分自身をもてなしたらむをなむ）、（「聞き耳（人聞き・外聞）にも、わが心地にも、あやまちがなく（「あやまちなし」」と）は）覚ゆ［他動・自発］べき［助動・推量］。（あなた達が「私達（「おとなびたる人々」）は姫君様達に肖（あやか）ってにぎははしく（豊かだ・裕福だ・時めいている）人数（人並みの者）めかむ」と思ふとも）、（私達（八の宮邸の人々）がそうであったようにその（「にぎははしく人数めかむ」という）あなた達の心にも時勢・時世・時節によって「そ」の意志・希望がかな［叶・適］ふ（「そ」の通りになる・成就する）まじきとなら［助動・断定・未然形］ば）、（あなた達は）、（たとえ姫君達の幸福を善意で思うあまりであろうとも）、（ゆめゆめ）、（軽々しく）、（よからぬ方（方面の男）に）（姫君達を）もてなし聞ゆ［補動］な」など）（「おとなびたる人々」に）のたまふ｝。

［備考］「こなたかなた」「を」を補って、「ありき」（「を」は［格助・通過点］）および「見」（「を」は［格助・動作の対象］）に係る。「いとものはかなく」（1）「宿」に係る

（＝「いとものはかなき宿にて、また」）、または（2）「過い」に係る。「御住の有様を」「きよげなり」に係る。「きこえあるまじき際の人」「「際の人」に対する「きこえ」が「あるまじ」」（意味的関係）。「かかる際になりぬれば…いとほしき事なむ多かるべき」（1）「かかる際になりぬれば」、（2）「人は何とも思はざらめど」、および（3）「くちをしうてさすらへむ」は、いずれも「かたじけなく」および「多かるべき」に係る。「かたじけなく」中止法で、「多し」と並列。皇族に生まれた以上、「くちをしうてさすらふる」ことなく、皇族らしい暮らしを立てなければならない。「いとほしき事」「「事」が「いとほし」」（述語―主語。意味的関係）。「ものさびしく心細き世を経るは、例のことなり」「ものさびしく」（1）「経る」に係る、または（2）「世」に係る（中止法で、「心細し」と並列）。皇族の人が裕福でないのは構わない。「生れたる家の程、掟のままにもてなしたらむなむ、聞き耳にも、わが心地にも、あやまちなくは覚ゆべき」「｛（生れたる家の）程や（、）掟｝のままに」（「程」と「掟」とが並列）。皇族の人は皇族に生まれた矜持・誇り・プライドをしっかり守って生きていかなければならない。「ゆめゆめ軽々しく、よからぬ方にもてなし聞ゆな」「軽々しく」（1）「もてなし」に係る（加筆原文はこれ）、または（2）「方」に係る（中止法で、「よからぬ」と並列）。「よからず」「よし」以外、即ち「よろし」、「わろし」、「あし」。男の人の仲立ちをする女房達の出来・不出来が、姫君の生涯に関わる。

〔二一〕八の宮、姫君達を慰めて山荘を出る。姫君達、相睦ぶ。

〔原文〕まだ暁に出で給ふとても、こなたにわたり給ひて、八宮「なからむ程心細くな思しわびそ。心ばかりは遣〔や〕りて遊びなどはし給へ。何事も思ふにえかなふまじき世を。な思し入れそ」など、かへりみがちにて出で給ひぬ。二〔ふた〕ところ、いとど心細く物思ひ続けられて、起き臥しうちかたらひつつ、「一人々々なからましかば、いかでかあかし暮さまし。今行末も定めなき世にて、もし別るるやうもあらば」など、泣きみ笑ひみ、たはぶれ事もまめ事も、同じ心になぐさめかはして過〔すぐ〕し給ふ。

〔加筆原文〕（八の宮は）、（まだ暗い暁に山寺に出で給ふとて「の日」も（〔にも〕））、（こなた（姫君達の部屋）に）わたり給ひて、（八宮「私（八の宮）がこの山荘になからむ程、あなた達（姫君達）は心細くな思しわび〔自動上二・連用形〕（お思い悲しみになる）そ〔穏やかな制止・禁止〕（〜してくれるな）。あなた達は、心ばかりをは遣り（気を晴らす）て遊びなどをはし給へ。何事がも人の思ふにえかなふまじき世を〔間助・

詠嘆」（よ）。あなた達は、「何事も思ふにえかなはぬ」をな思し入れ「他動下二」（心に掛ける）そ」など「のたまひて」）、（かへりみがちにて山寺に出で給ひぬ）。（二ところ（姫君達）は）、（従来の八の宮の山籠もりよりいとど心細く物思ひ続けられ「助動・自発」「給ひ」て）、「「（起き臥し（起きても寝ても・いつも）うちかたらひつつ、「私達（姫君達）のうちの一人々々（どちらか一人）がなからましかば、残った「一人」はいかでか「反語」あかし暮さまし「現在の事実に反した仮想」。今「も」行末も（「にも」）定めがなき世に「助動・断定」て「接助・順接」、もし私達が別るる（「別る」という）やう（こと）がもあらば、「如何ならむ」マタハ「いかでかあかし暮さまし」」など「かたらひかはして」）、（泣き「連用形」み「接尾」笑ひ「連用形」み「接尾」（～たり～たり）して）、そして（たはぶ「戯」れ事（遊び事）も（「にも」）まめ「忠実」事（手仕事）も（「にも」）、同じ心に（心を合わせて・仲良く）なぐさめかはして）」過し給ふ」。

「備考」「出で給ふとても」「明日入り給はむとての日は」（「二〇」）の「とて」参照。「遊びなどはし給へ」音楽だけがこの宮家の慰め。「かなふまじ」「二〇」に既出。「かへりみがちにて」これが今生の別れとなる。「今行末も定めなき世にて」「「今」も「行末も」、「世」には「定め」が「なし」」（意味的関係）。「たはぶれ事もまめ事も」「たはぶれ事」

生活に必要でない、例えば音楽・手習いのようなこと。趣味の方面。「まめ事」実生活関係の、例えば裁縫のようなこと。この文中に対句的表現が多い。即ち、この他に、「起き臥す」、「あかし暮す」、「今行末」、「泣きみ笑ひみ」の通り。「かはす」［一七］［一八］に既出。「過す」［一八］［二〇］に既出。

［二二］ 八の宮、罹病する。阿闍梨、下山を諌める。

［原文］ かの行ひ給ふ三昧［ざんまい］今日果てぬらむ、と、いつしかと待ち聞え給ふ夕暮に、人まゐりて、八宮「今朝［けさ］よりなやましうてなむえ参らぬ。かぜかとて、とかくつくろふとものする程になむ。さるは、例よりも対面心もとなきを」と聞え給へり。胸つぶれて、いかなるにかと思し歎き、御衣［おんぞ］ども綿厚くて急ぎせさせ給ひて、奉［たてまつ］れなどし給ふ。二三日は下［お］り給はず。いかにいかにと人奉り給へど、八宮「ことにおどろおどろしくはあらず、そこはかとなく苦しうなむ。すこしもよろしうならば、今念じて」など、言葉［ことば］にて聞え給ふ。阿闍梨［あざり］つと侍ひて仕うまつりけり。阿闍梨「はかなき御なやみと見ゆれど、限りの度［たび］にもおはしますらむ。君達の御こと、何か思し歎くべき。人はみな御宿世といふもの異々

［ことごと］なれば、御心にかかるべきにもおはしまさず」と、いよいよ思し離るべき事を聞え知らせつつ、阿闍梨「今更にな出で給ひそ」と、諫［いさ］め申すなりけり。

［加筆原文］（姫君達が、「{（かの（あの））（父（八の宮）が山寺で行ひ給ふ）}念仏三昧は、今日果てぬらむ」（、）と、そして「父は、いつしかこちらにお着きになるのだろう」と、八の宮のお帰りを待ち聞え［補動］給ふ夕暮に）、（八の宮が遣わした人が）、（八の宮から姫君達への手紙マタハ伝言を持って）（山荘に）まゐりて（［まゐる。（さりて］））、（その中で）、（八の宮は）、「私（八の宮）は、今朝よりなや［悩］ましう（気分が悪い）てなむそちら（山荘）にえ参らぬ。私は、この［なやみ］（病気）を「かぜ（風邪）か［終助・疑問］」とて（と思って）、今は、とかく（あれやこれやと）私が風邪をつくろふ（治療する・手当てする）ことと［格助・変化した結果］（となって）ものする［自動・サ変］（（〜の状態で）いる）程（折）になむ［ある］。さるは（と言っても実は・もっとも実は）、私は、例の「三昧」のときよりも、あなた達（姫君達）との対面が心もとなき（待ち遠しい）を（［心もとなし。かかるを（接助・逆接）］）、［え参らず］」と）、（姫君達に）聞え［自動］給へり。（姫君達は）、（胸つぶ［潰］れ（びっくりする）［給ひ］て）、（「父の御容態はいかなるにか［あるらむ］」と思し歎き）、（御衣どもを綿が厚

くて［接助・状態］（の状態で・のさまで）急ぎ（忙しく）せ（作る・仕立てる）させ［助動・使役］給ひて）、（「御衣ども」の奉れなどをし給ふ）。八の宮は、［なやましうなりて後］二三日は山寺を下り給はず。姫君達は、「いかにいかに」と人（使者）を山寺の八の宮の許に奉り（参上させる）給へど（［奉り給ふ。されど］）、八の宮は、「私（八の宮）の病状はことにおどろおどろしくはあらず（、）。私はそこはかとなく苦しうなむ。私の病状がすこしもよろしうならば、その後今（やがて・間もなく）［苦しき］を念じ（我慢する）て［参らむ］」など、言葉にて（使者の口上で・使者に頼んだ言い付け（言（こと）付け・言伝（ことづて））で）姫君達に聞え［自動］給ふ。阿闍梨は、八の宮につと（じっと）侍ひて、八の宮の世話・看病・看護を仕うまつりけり。（阿闍梨は）、（「私（阿闍梨）は、あなた様（八の宮）の［なやましき］をはかなき御なやみ（病気）と見ゆれ［他動・自発］ど、あなた様は、限り（臨終）の度（折・際）にもおはしますらむ。あなた様は、君達（姫君達）の御ことを、何か［副・反語］思し歎くべき［助動・必要］。人はみな御宿世といふものが異々なれ（別々だ・まちまちだ）ば、「君達の御こと」は、あなた様の御心にか［掛・懸］かる［自動四］（念頭から離れない・気になる）べき［助動・必要］ことにもおはしまさず」と）、（いよいよこの世への執着・執念を、マタハこの世を思し離るべき（「思し離るべし（助動・必要）」という）事を）、（八の宮に）聞え〔他動〕（申し上げる）知ら（理解する）せ〔助動・使役・連用形〕つつ（「聞え知らす。（かくしつつ」））、（阿闍梨は）、（「あなた様（八の宮）は、今更に（今になって・この期に及んで）この山寺をな出で給ひそ」と）、（八の宮を）諫め〔他動・下二〕（訓戒する・意見する）申す〔補動・謙譲〕（申し上げる）なりけり。

〔備考〕主語が姫君達または八の宮である述語には尊敬語が付いているが、主語が阿闍梨である述語には尊敬語が付いていない。「例よりも対面心もとなきを」八の宮は自分の死を予感・直感している。「奉れ」「奉る」〔他動下二〕の連用形からの名詞化。「言葉にて」もう手紙を書く余裕（筆を執る気力）もない、ということが暗示されている。「阿闍梨つと侍ひて仕うまつりけり」善知識（仏道の指導者）としての役をも勤める。「はかなき御なやみと見ゆれど……御心にかかるべきにもおはしまさず」阿闍梨の厳（きつ）い言葉。「臨終の際に心残りがあると極楽往生に対する障りになるから、心に悩みなく死を迎えさせたい」という、八の宮に対する、阿闍梨の、大きな親切。「いよいよ」（副）（1）「思し離る」に係る（加筆原文はこれ）、または（2）「聞え知らす」に係る。「諫む」阿闍梨は、「お屋敷に帰るな」、「娘達に会うな」、「未練の元だ」、「往生の妨げになるぞ」と、教え、意見する。仏道一徹に悟りに向かって突き進んでいる僧侶として、八の宮が在家のまま俗聖として娘達を育てながら出家しない不徹底さを思っている。僧侶の、冷徹かつ非情な言い方。仏者として、八の宮の妄執を冷まそうとする。

［二三］八の宮死去の報到る。姫君達、後を追わんと歎く。

［原文］八月二十日の程なりけり。大方［おほかた］の空の気色もいとどしき頃、君達は、朝夕霧の晴るる間［ま］もなく、おぼし歎きつつながめ給ふ。有明の月のいとはなやかにさし出でて、水の面［おもて］もさやかに澄みたるを、そなたの蔀［しとみ］あげさせて、見出し給へるに、鐘の声かすかに響きて、明けぬなり、ときこゆる程に、人々来て、「この夜中ばかりになむ亡［う］せ給ひぬる」と泣く泣く申す。心にかけて、いかにとは絶えず思ひきこえ給へれど、うち聞き給ふには、あさましく物覚えぬ心地して、いとど、かかる事には、涙も何方［いづち］か去［い］にけむ、ただうつぶし臥し給へり。いみじきことも、見る目の前にて、おぼつかなからぬこそ常のことなれ、おぼつかなさそひて、おぼし歎くこと道理［ことわり］なり。しばしにても、後［おく］れ奉りて、世にあるべきものと、おぼしならはぬ御心地どもにて、いかでかは、後れじ、と泣

き沈み給へど、限りある道なりければ、何のかひなし。

［加筆原文］八月二十日の程なりけり。（大方の空の気色がも［間助・詠嘆］いとどしき（一際（ひときわ）物悲しい・物哀れだ）頃に）、（君達（姫君達）は）、（朝夕の霧のような［おぼし歎くこと］の（が）晴るる間がも［係助・列挙］なく、おぼし歎きつつ）ながめ給ふ。（有明の月の（が）いとはなやかにさし出でて、宇治川の水の面がも［係助・列挙］さやかに澄みたるもの（景色）を）、（姫君達は）、（女房達にそなた（向こうの（宇治川や山寺のある）方角）の蔀（格子ようで、格子より粗末なもの）をあげさせ［助動・使役］て）（、）見出し給へるに（［見出し給へり。かかるに］）、鐘の声がかすかに響きて、（、）女房達が姫君達に「夜が明けぬ［助動・完了・終止形］なり［助動・伝聞推定］」（、）ときこゆる［自動］程に（［きこゆ。かかる程に］）、阿闍梨が遣わした人々が来て、「八の宮様がこの夜中ばかりになむ亡せ給ひぬる」と泣く泣く申す。（姫君達は）、（（父宮のことを心にかけて、「御容態はいかに」とは絶えず思ひきこえ［補動］給へれど）、（父宮の死をうち聞き給ふに［格助・時］は）、（あさましく物を覚えぬ（［覚え（他動・可能）ず］という）心地がして（［し給ひて］））、（（いとど（今までにも増して）、かかる事（父宮の死）に［格助・原因理由］は、涙がも何方［副］か去に［自動ナ変・連用

形］けむ）、（ただ）うつぶ［俯］し（俯（うつむ）く・下を向く）臥し給へり。（いみじきこと（「かかる事」）がも、それを見る目の前にて（［にありて］）、姫君達にとっておぼつかなから（はっきり見えない）ぬ（「おぼつかならず」ということ）がこそ）常のことなれ［逆接の意で「そひ」に係る］、（父宮の最期・臨終を看取らなかった・見届けなかったことによる姫君達にとってのおぼつかなさが）（「いみじきこと」による姫君達にとっての驚きや悲しみに）そひて（［そふ。さりて］）、姫君達がおぼし歎く（「歎く」という）ことは、道理なり。（姫君達は）、［（しばし「後れ奉りて、世にある」に［助動・断定］ても（さえも）、御自分達（姫君達）が父宮に後れ奉りて、世にあるべき［助動・可能］もの［形名］（一般に〜だ・〜が通り相場だ・〜が原則だ）と（ということ）を、御自分達がおぼしならはぬ御自分達の御心地どもに［助動・断定］て］、（「私達（姫君達）は、いかでかは［係助・疑問］（なんとかして）、父宮に後れじ［助動・否定の意志］」（、）と泣き沈み給へど（［泣き沈み給ふ］）。（されど］））、（人の死は限りがある道（宿運として定められた寿命故の死出の道・旅路）なりければ）、（何の（どれほどの）［泣き沈み給ふ］かひがも）なし。

［備考］「八月二十日の程なりけり」八の宮死去の時を明示することになる。「大方の空

の気色もいとどしき頃、君達は、朝夕霧の晴るる間もなく、おぼし歎きつつながめ給ふ」「朝夕霧の晴るる間」「朝夕霧」（1）朝霧と夕霧の意（歌語。加筆原文はこれ）、または（2）＝「朝夕、霧」（「朝夕」は、副詞で、いつも・始終、の意。「晴るる」に係る）。宇治の景物・風物である濃い霧と姫君達のいつも晴れやらぬ心の悲哀とを見事に一致させている。「有明の月のいとはなやかにさし出でて」朝霧はまだ出ていない。「見出し給へるに」いじらしくもはかない姫君達の所作。「鐘の声がかすかに響きて」山寺の鐘が夜明けを告げる。「きこゆる程に」「きこゆ」加筆原文で示した意とは違って、（世間の人が）自然に聞く、の意である（謙譲語でない）、とも取れる。「人々」複数で、一人ではない。何か重大なことを言いに来たらしい雰囲気。八の宮の死を姫君達に伝える役を一人で務めるのは堪え難かった。「いとど」（1）「去にけむ」に係る（加筆原文はこれ）、または（2）「うつぶし臥し給へり」に係る。「ただうつぶし臥し給へり」悲しみと驚きの極限状態。「おぼしならはぬ御心地ども」「「おぼしならはぬ」ために生ずる「御心地ども」」（原因―結果。意味的関係）。「限りある道」（1）「「道」の「限り」が「あり」」、または（2）「「道」に「限り」が「あり」」（意味的関係）。

［二四］姫君達、亡き父宮を恋い、阿闍梨を恨む。

［原文］阿闍梨、年頃契り置き給ひけるままに、後［のち］の御事もよろづに仕うまつる。姫君「亡き人になり給へらむ御様容貌［かたち］をだに、今一度［ひとたび］見奉らむ」とおぼし宣へど、阿闍梨「今更に、なでふ然［さ］ることか侍るべき。日頃も、またあひ見給ふまじきことを聞え知らせつれば、今はまして、かたみに御心とどめ給ふまじき御心づかひを、ならひ給ふべきなり」とのみ聞ゆ。おはしましける御有様を聞き給ふにも、阿闍梨のあまりさかしき聖心［ひじりごころ］を、憎くつらしとなむ思しける。入道の御本意［ほい］は、昔より深くおはせしかど、かう見ゆづる人なき御事どもの見棄て難きを、生ける限りは明暮え去らず見奉るを、よに心細き世のなぐさめにも、おぼし離れ難くて過［すぐ］い給へるを、限りある道には、先だち給ふも慕ひ給ふ御心も、かなはぬわざなりけり。

［加筆原文］（阿闍梨は）、（八の宮が年頃「後の御事」を自分（阿闍梨）と契り（約束する）置き（前以て～する・～しておく）給ひけるままに）、（後の御事（八の宮死去後の仏事（葬送や四十九日までの七日ごとの追善法要など））をも）（よろづに）仕うまつる。姫君達は、「私達（姫君達）は、父宮が亡き人になり給へら［助動・完了］む［助

動・推量］御様と容貌とをだに、今一度見奉らむ［助動・意志］」とおぼし、阿闍梨に宣へど（［宣ふ。されど］）、阿闍梨は、「今更に、なでふ［副・下に反語を伴う］（どうして・なんだって）然ること（「亡き人になり給へらむ御様容貌をだに、今一度見奉」ること、つまり、姫君達が八の宮の遺骸と対面すること）がか［係助・反語］侍るべき。（私（阿闍梨）が）、（日頃（（1）八の宮の今度の山寺参籠の頃・生前、または（2）かねて・平素）も）、（父宮があなた様達（姫君達）にまたあひ見給ふまじきことを）（父宮様に）聞え［他動］（申し上げる）知らせつれば、（今は八の宮生前にまして）、（あなた様達は）、（かたみに）（御自分達（姫君達）が御自分達の御心を父宮にとどめ給ふまじき（［まじ］という）御心づかひ（心構え・心配り・配慮）を）（、）ならひ給ふべきなり」とのみ姫君達に聞ゆ［自動］。（姫君達は）、（父宮が山寺におはしましける御有様を御自分達（姫君達）が阿闍梨から聞き給ふにも）、（阿闍梨のあま［余］り［自動四・連用形］（満ち溢（あふ）れる・零（こぼ）れる）そしてさか［賢］しき（気丈だ・しっかりしている）聖心（聖らしい心・高徳の心・道心）を）、（「憎く（憎らしい）そしてつらし」となむ）思しける。［以下の文、［備考］参照］［（入道（仏の道に入って修行すること）の（に対する）八の宮の御本意は、昔より御自身に深くおはせしかど、かう、八の宮が御自分（八の宮）が姫君達の見をゆづる人がなき（［なし］という）姫君達の御事どもの（を）見棄て難きを［接助・順接］、八の宮が生ける限りは、八の宮が、姫君達を、明暮、え去らず（［え去らせず］。側から・手許から離せず）見奉るを［格助・動作の対象］、よ［世］に（甚だしく・実に・非常に）心細き世の御自分にとってのなぐさめに［格助・役割マタハ目的］（〜として、マタハ〜のために）も、八の宮がおぼし離れ［他動下二］難くて［接助・状態］）、（八の宮が）過い［自動四］給へるを［接助・逆接マタハ後文の前提］、（限りある道に［格助・範囲マタハ格助・時］は）、（八の宮が姫君達に先だち給ふ［御心］がも［係助・列挙］）、（姫君達が八の宮の跡を慕ひ給ふ御心がも［係助・列挙］）（、）かな［叶・適］は（思い通りになる）ぬ（［かなはず］という）わざ［業。形名］（もの・こと）なりけり。

［備考］「契り置き給ふ」「八の宮が阿闍梨と…」と取るよりむしろ「阿闍梨が八の宮と…」と取った方が分かりやすいが、［二二］でも本段落でも阿闍梨が主語の述語には尊敬語が付いていない。「仕うまつる」［二〇］［二二］に既出。「亡き人になり給へらむ御様容貌をだに、今一度見奉らむ」姫君達は、父宮の薨去をその目で見ていないので信じ切れない。「今更に、なでふ然ることか侍るべき。日頃も、またあひ見給ふまじきこと

を聞え知らせつれば、今はまして、かたみに御心とどめ給ふまじき御心づかひを、ならひ給ふべきなり」阿闍梨の会話文。「今更に」［二二］に既出。「またあひ見給ふまじき」［二二］における阿闍梨の言、即ち「君達の御こと…御心にかかるべきにもおはしまさず」および「今更にな出で給ひそ」参照。「聞え知らす」［二二］に既出。「べし」と「まじ」が多出（それぞれ2回）。阿闍梨は、冷徹そのものとも言えるような仏法一筋でいる。父宮の死に際に対する姫君達の執心が、父宮の往生の妨げになる、と考えている。阿闍梨はこのように非常に広い親切から言うが、その言い方は、この世に生きている普通の人間には堪えられない。「憎くつらしとなむ思しける」「つらし」［一九］に既出。姫君達俗人には無理からぬところ。「入道の御本意は、昔より深くおはせしかど、かう見ゆづる人なき御事どもの見棄て難きを、生ける限りは明暮え去らず見奉るを、よに心細き世のなぐさめにも、おぼし離れ難くて過い給へるを、限りある道には、先だち給ふも慕ひ給ふ御心も、かなはぬわざなりけり」4行。（1）「入道の御本意は……過い給へるを」（3行）、（2）「限りある道には」、（3）「先だち給ふも」、および（4）「慕ひ給ふ御心も」が、「かなはぬ」に係る。前記（1）において、（イ）「入道の御本意は、昔より深くおはせしかど、かう見ゆづる人なき御事どもの見棄て難きを、生ける限りは明暮え去らず見奉るを」、（ロ）「よに心細き世のなぐさめにも」、および（ハ）「八の宮が」がいずれも「おぼし離れ難く」に係る。前記（イ）において、（a）「入道の御本意は、昔より深くおはせしかど」、（b）「かう見ゆづる人なき御事どもの見棄て難きを」、（c）「生ける限りは」、（d）「八の宮が」、（e）「姫君達を」、（f）「明暮」、および（g）「え去らず」がいずれも「見奉る」に係る。前記（b）において、「かう」は「なき」に係り、「見ゆづる人なし」は［一九］に既出。「おぼし離る」（前記（1）の最終行）［二二］に既出。前記（2）において、「限りある道」は、「二三」に既出。「かなふ」［二〇］に既出。「わざ」［二三］における「もの」と同義。この4行に助詞「を」多出（3回）。阿闍梨が正しいと思うやり方にどうしても入り込んでしまうが、それでは、心の情がどうしても食（は）み出てしまうのを、語り手（作者）が悼（いた）んでいる。

［二五］薫、八の宮の訃音に哭く。懇ろに弔問。

［原文］中納言殿には、聞き給ひて、いとあへなく口惜しく、今一度心のどかにて聞ゆべかりけること多う残りたる心地して、大方世の有様思ひつづけられて、いみじう泣い給ふ。八宮「またあひ見むこと難くや」など宣ひしを、なほ常の御心にも、朝夕の隔［へ

だて］知らぬ世のはかなさを、人よりけに思ひ給へりしかば、耳なれて、昨日［きのふ］今日［けふ］と思はざりけるを、かへすがへす飽かず悲しく思さる。阿闍梨のもとにも、君達の御とぶらひも、こまやかに聞え給ふ。かかる御とぶらひなど、またおとづれ聞ゆる人だになき御有様なるは、もの覚えぬ御心地どもにも、年頃の御心ばへのあはれなめりしなどをも、思ひ知り給ふ。世の常の程の別れだに、さしあたりては、また類［たぐひ］なきやうにのみ、皆人［みなひと］の思ひ惑ふものなめるを、なぐさむ方なげなる御身どもにて、いかやうなる心地どもし給ふらむ、と思しやりつつ、後の御わざなど、あるべき事ども、推しはかりて、阿闍梨にもとぶらひ給ふ。ここにも、老人［おいびと］どもにことよせて、御誦経［ずきゃう］などの事ども、思ひやり聞え給ふ。

［加筆原文］中納言殿（薫）に［格助・貴人の主語］は、八の宮の訃報を聞き給ひて、いとあ［敢］へなく（張り合いがない・がっかりだ）口惜しく、今一度心のどかにて八の宮に聞ゆ［他動］（申し上げる）べかりけることが多う残りたる（［残りたり］という）心地がして、大方［副］（一般に・大体）無常の世の有様を思ひつづけられ［助動・自発］て、いみじう泣い給ふ。（八の宮が「私（八の宮）があなた（薫）にまた［副］（再び・もう一度）あひ見むことは難くや［係助・疑問］（かもしれない・のではないか）」

など薫に宣ひしを［接助・後文の前提、マタハ接助・逆接］）、（薫は）、（なほ（やはり・依然として））、｛（常の八の宮の御心にも、朝と夕との隔（差異）を世間の人が知らぬ（見当を付けることができない）世のはかなさを、人（他人）よりけに八の宮が思ひ給へりしかば）、（自分（薫）が）、（［さ宣ひし］に）耳な［慣・馴］れ（聞き慣れる）て｝、（八の宮が亡くなるのが昨日今日のことであると（ということ）を）思はざりけるを（［思はざりけり。さるを（接助・順接）］）、薫は、八の宮の死・八の宮との死別をかへすがへす飽かず悲しく（泣きたくなるような気持ちだ）思さる［助動・自発］。薫は、阿闍梨のもとにも［係助・列挙］お悔やみを、そして君達（姫君達）の（に対する）御とぶら［弔］ひ（弔問）をも［係助・列挙］、こまやかに聞え［他動］（申し上げる）給ふ。（姫君達は）、［｛（かかる御とぶらひなど［に（格助・目的）］］、（また［副］（薫の他には））（御自分達（姫君達）の許を）おとづ［訪］れ聞ゆる［補動］｝人がだになき（［なし］という）御自分達の御有様なるは（［に（格助・原因理由）は］）（～ためには・～につけては）］、（御自分達が悲しみでものを覚え［他動・可能］ぬ程の御心地どもに［格助・状態］も［係助］（さえも））、（年頃の薫の御心ばへの（が）あはれなめりしことなどをも［間助・詠嘆］）（、）思ひ知り給ふ。（薫は）、（［｛（世の常の程（程度）の別れ（死別)、即ち［なぐさむ方］のある父子の死別をだに、「皆人」が「世の常の程の別れ」にさしあたり（当たる・直面する）ては、また［副］（他には・二つと）類がなきやうにのみ、皆人の（が）思ひ惑ふもの（［思ひ惑ふ］というもの）なめるを［接助・逆接］）、（増して況や）御自分達（姫君達）をなぐさむ方（手段・方法・術（すべ））がなげなる（［なげなり］という）姫君達の御身（身の上）どもに［助動・断定］て［接助・順接］（であるので）、（姫君達は）、（いかやうなる心地どもが）し給ふらむ」（、）と思しやりつつ）、（後の御わざなどで、あるべき事どもを）（、）推しはか［測］りて（［推しはかり給ふ。さりて、］）薫は、［君達にとぶらひ給ふ。さりて］、薫は、阿闍梨に［格助・動作の到達点］も［係助・添加］（もまた）とぶら［訪］ひ［他動四］（（1）使いを遣って、お布施など、法事に必要な費用や供養の品々などを送り届ける、または（2）挨拶を言う）給ふ。（薫は）、（阿闍梨と同様に）、（ここ（姫君達の山荘）にも［係助・添加］（もまた））、（弁の君などの老人どもにことよ［言寄］せ（託（かこつ）ける）て）、（御誦経（布施物）などの［格助・所属］（～に属する）事ども（衣料などの品々）を）（、）思ひやり聞え［補動］給ふ。

［備考］「口惜し」［二〇］に既出。「今一度心のどかにて聞ゆべかりけること多う残り

たる心地して」「相撲など、おほやけ事どもまぎれ侍るころ過ぎて、さぶらはむ」（［一六］）、および「心細く残りなげに思いたりし御けしきを、思ひ出で聞え給ひつつ、さわがしき程過して参うでむ、と思す」（［一八］）参照。「八宮「またあひ見むこと難くや」など宣ひしを」「を」「思はざりける」に係る。「七月ばかりに」（［二三］）、および「「かかる対面もこのたびや限りならむ…」とて、うち泣き給ふ」（［一六］）参照。「宣ひしを、なほ「～を、なほ～」の構文。「思はざりける」に係る。「知らぬ世のはかなさ」「「世のはかなさ」のために「知らず」」（結果―原因。意味的関係）。「昨日今日と思はざりけるを、かへすがへす飽かず悲しく思さる」「昨日今日と」「ついにゆく道とはかねて聞きしかど昨日今日とは思はざりしを」（伊勢物語・古今集）を活かす。加筆原文で示したのとは違って、「を」は［格助・動作の対象］とも取れ、また「悲し」は、残念だの意とも取れる。「思ひ知り給ふ」姫君達は、父宮と三年間法の友であった薫の厚志・篤志を改めて思う。「また類なき」「また」本段落で3回使用。「思ひ惑ふものなめるを」「もの」「もの」（［二三］）および「わざ」（［二四］）と同義。「御身どもに」に係る。「なぐさむ方なげなる御身ども」姫君達は、母君が既に亡い。宇治で侘び住まいをして、他の人とほとんど接触がない。本当に父宮一人が支え・頼りであった。身寄りのない孤独となった。「いかやうなる心地ども」「「心地ども」が「いかやうなり」」（述語―主語。意味的関係）。「後の御わざ」＝「後の御事」（［二四］）。「老人ども」＝「おとなびたる人々」（［二〇］）。「御誦経」「御」姫君達への尊敬の意。「誦経」誦経（僧に読経させること）の布施物。経を読む僧への謝礼。「思ひやる」不如意の生活をしている宮家の姫君達の誇り・体面・面目を保つため、薫は、さりげなく、間接に経済的な援助・後援をする。「聞ゆ」姫君達への尊敬の意。

［二六］宇治山荘の晩秋、姫君達、傷心して父宮のために念仏する。

［原文］明けぬ夜の心地ながら、九月にもなりぬ。野山の気色、まして袖の時雨［しぐれ］をもよほしがちに、ともすればあらそひ落つる木［こ］の葉の音も、水の響も、涙の滝もひとつもののやうにくれ惑ひて、かうてはいかでか、限りあらむ御命も、しばしめぐらひ給はむ、と、さぶらふ人々は心細く、いみじくなぐさめ聞えつつ思ひまどふ。ここにも念仏の僧さぶらひて、おはしまし方［かた］は、仏をかたみに見奉りつつ、時々参り仕うまつりし人々の、御忌に籠りたる限りは、あはれに行ひて過す。

［加筆原文］明けぬ夜（無明長夜）の闇の［格助・内容］（［の如（ごと）き］）姫君達

の心地ながら（～のままで・～のままの状態で）、時期が九月に［格助・変化する結果］もなりぬ。｛（野山の気色が）、（まして（例年の秋にもまして））（姫君達の袖の時雨を［格助・作用の対象］（に対して））もよほ［催］し（誘う）が［勝］ちに［形動・連用形］｝、そして・その上に｛（ともすればあらそひ落つる木の葉の音がも［係助・列挙］、宇治川の水の響がも［係助・列挙］、姫君達の涙の滝（滝のように激しく流れ落ちる涙）がも［係助・列挙］）ひとつ（単一・唯一）のもの［物］のやう［様］に（［やうなり（助動・類似）｝。（かかるに（～に似る程に・～の通りに）］）、姫君達がく［暗］れ惑ひ（心が眩（くら）み迷う・途方に暮れる）て［接助・順接］（～ので））、（［姫君様達は、御自分達（姫君達）がか［断］うて［副］（こうして）はいかでか［係助・反語］、限り（決まり・定め）があらむ御自分達の御命（寿命）も［に（格助・到達点）も（係助・最小限の希望）］（せめて～にまでだけでも）、しばしめぐ［廻］らひ（生きる）給はむ」（、）と）、（姫君達にさぶらふ人々は）、心細く（［心細し。（さりて］））、（［さぶらふ人々は］）、（姫君達をいみじくなぐさめ聞え［補動］つつ［接助・動作の繰り返し］（～てはまた～して））、（自分達（［さぶらふ人々］）自身も）思ひまど［惑］ふ（心が迷う・心配する）。山寺と同様にここ（山荘）に［格助・場所］も［係助・添加］（～も・～もまた）念仏の僧はさぶらひて（［さぶらふ。（さりて」））、（八の宮がおはしましし方（場所・所・部屋・居間）は（［に（格助・場所）は」））、（八の宮の仏（持仏）をかたみ［形見］に［格助・資格］（〜として）見奉りつつ［接助・動作の繰り返し］（〜てはまた〜して））、（山荘に時々参り八の宮に仕うまつりし人々の［格助・同格］（〜で）、御忌［いみ］に［格助・目的］籠りたる限りは）、（あはれに（しんみりと・悲しげに））行ひ（勤行（ごんぎょう）をする））て過す。

［備考］「明けぬ夜」歌の表現。「長き世の闇」（［十九］）参照。「袖の時雨」袖を潤す涙。袖に降る時雨。歌言葉。折しも時雨の候なので、姫君達の涙を修飾的に言う。晩秋の景物・時雨に姫君達の悲しみの涙を重ね合わせた表現。「もよほしがちに」中止文。「ひとつもののやうに」と並列する。「ともすれば」「あらそひ落つる」に係る。「涙の滝」歌言葉。「仏をかたみに見奉りつつ」「見奉り」主語は、「念仏の僧」ではなく、「時々参り仕うまつりし人々の、御忌に籠りたる限り」。

［二七］匂宮宇治に弔問の消息をなすも、返事なし。

［原文］兵部卿の宮よりも、度々とぶらひ聞え給ふ。さやうの御返りなど、聞えむ心地

もし給はず。おぼつかなければ、中納言にはかうもあらざなるを、われをばなほ思ひ放ち給へるなめり、と、うらめしく思す。紅葉のさかりに、文など作らせ給はむとて、出で立ち給ひしを、かくこのわたりの御逍遙［せうえう］、便［びん］なき頃なれば、おぼし止［と］まりて口惜しくなむ。

［加筆原文］兵部卿の宮（匂宮）よりも、手紙で度々姫君達をとぶら［弔］ひ聞え［補動］給ふ。（姫君達は）、（さやう（［とぶらふ］）の（に対する）御返りなどを（、）匂宮に聞えむ（［聞え（他動。差し上げる）む］という）心地がも）し給はず。（匂宮は）、（「さやうの御返りなど」がないのがおぼつかなければ）、（「姫君達は、中納言（薫）にはかうもあらざなる［助動・伝聞推定］を［接助・後文の前提、マタハ接助・逆接］、われ（匂宮）をばなほ（やはり・依然として）思ひ放ち給へるな［助動・断定］めり」（、）と、（姫君達を）（うらめしく）思す。（匂宮は）、（八の宮御存命中には、紅葉のさかりに［格助・時］、御自分（匂宮）が文（漢詩）などを作らせ［助動・使役、マタハ助動・尊敬］給は（（1）供の人々にお作らせになる、または（2）御自身でお作りになる）むとて［格助・目的］（～として・～ということで）、御自分が宇治に出で立ち給ひしを［接助・逆接］）、（今年は、かくこ（宇治）のわたりの［格助・所在］（におけ

る）御自分の御逍遙（ぶらぶら歩き・そぞろ歩き）が（、）便なき（不都合だ）頃なれば）、（「紅葉のさかりに」山荘に［詣づる」を）おぼし止まりて（［おぼし止まる。さりて、］）匂宮は口惜しくなむ。

［備考］「中納言にはかうもあらざなるを、われをばなほ思ひ放ち給へるなめり」「～を、なほ～」の構文。「うらめしく思す」匂宮は、薫との文通は頻繁だろう、と嫉妬する。「紅葉のさかりに」「この秋の程に紅葉見におはしまさむ、と、さるべきついでを思しめぐらす」（［一八］）参照。「紅葉のさかりに、文など作らせ給はむとて」「給はむ」とあるから、間接話法。「出で立ち給ひしを」注釈書の訳は、（1）「宇治ならぬ所にお出掛けになったが」、（2）「宇治にお出掛けのつもりだったけれども」、および（3）「かつて八の宮御存命中には宇治にお出掛けになったけれども」（加筆原文はこれ）と、まちまち。「便なし」八の宮死去のため。

［二八］忌明けて匂宮より消息。大君、中君に返歌させる。

［原文］御忌［いみ］もはてぬ。限りあれば涙も隙［ひま］もや、と思しやりて、いと多く書きつづけ給へり。時雨がちなる夕つかた、

匂　をじかなく秋の山里いかならむ小萩がつゆのかかるゆふぐれ

ただ今の空の気色を、おぼし知らぬ顔ならむも、あまり心づきなくこそあるべけれ。

枯れゆく野辺もわきてながめらるる頃になむ。

などあり。大君「げに、いとあまり思ひ知らぬやうにて、たびたびになりぬるを、なほ聞え給へ」など、中の宮を、例の、そそのかして、書かせ奉り給ふ。今日までながらへて、硯［すずり］など近くひき寄せて見るべきものとやは思ひし、心憂くも過ぎにける日数かな、と思すに、またかきくもり、もの見えぬ心地し給へば、押しやりて、中君「なほえこそ書き侍るまじけれ。やうやうかう起き居られなどし侍るが、げに限りありけるにこそ、と覚ゆるも、うとましう心憂くて」と、らうたげなるさまに泣きしをれておはするも、いと心ぐるし。

［加筆原文］八の宮の御忌がも［間助・詠嘆］は［果］て（終わりになる）ぬ。（匂宮は）、（「（1）物事・物には、（2）作法には、または（3）悲嘆には限り（限度・限界、マタハ決まり・常法）があれば、涙も（［にも］）隙（絶え間・間断）がもや［係助・疑問］［ある］」（、）と思しやりて）、（姫君達にいと多く書きつづけ給へり）。即ち、（時雨がちなる夕つかたに）、（

匂　をじかがなく秋の山里はいかならむ。小萩が（の）つゆの（が）かかる（小萩

から零れるようにあなた様達の目から涙が溢れて、あなた様達の袖に降り掛かるような、このような）ゆふぐれには

ただ今の空の気色（情趣・風情・哀れさ）を（、）あなた様達（姫君達）がおぼし知らぬ（［知らず］という）あなた様達の顔（様子）ならむはも、私（匂宮）にとってあまり（［あまりに］）心づ［付］きなく（意に満たない・気にくわない）こそあるべけれ。今は丁度、枯れゆく野辺をもわ［別］きて（取り分け・殊に）ながめらるる［助動・自発］頃（時・時節・頃）になむ（。）

など）あり。（大君は）、（「（私達（大君と中の君）が、げに（本当に・全く、匂宮様がお書きのように）、いとあまり（［あまりに］）思ひ知らぬ（［知らず］という）やうにて（［にありて］））、（［かかるやう（無返事）］が）（たびたびに）なりぬるを［接助・順接］」）、（あなた（中の君）は）（なほ（やはり、匂宮様のご意向に従って））（匂宮様への御返事を）聞え［他動］（差し上げる）給へ」など、中の宮（中の君）を、例の（、）そそのかして）、（匂宮への返事を中の君に書かせ奉り給ふ）。［以下、「思ひし」までの文（2行）は［備考］参照］中の君は、「私（中の君）は、私が父宮（八の宮）の死後から今日までながらへて、私が硯などを近くひき寄せて見るべきものと［格助］（〜と、マタハ〜

ということを）やは［係助・反語］思ひ［自動四、マタハ他動四］し（、）。私にとって心憂く（悲しい・情けない・辛い・苦しい）も過ぎ［自動上二］（過ぎる、マタハ私が送る・暮らす）にける日数かな」（、）と思すに、また目が涙でかきくもり、ものを見えぬ（［見え（他動・可能）ず」という）心地がし給へば（［心地し給ふ。されば］）、中の君は、「硯などを」押しやりて、中君「私（中の君）はなほ（今日もやはり・依然として）匂宮様への御返事をえこそ書き侍るまじけれ。［以下、残りの中の君の会話文（2行）は［備考］参照］「私がやうやうかう起き居られ［助動・可能］など し侍るが、げに（悲しみ以外の物事と同様に、成る程）悲しみにも限り（限度・限り）がありけるにこそ［あれ］」（、）と私が覚ゆる［自動・自発］も、我ながらうと［疎］ましう（厭わしい・嫌だ）心憂くて」と、らうたげなるさまに泣きしをれておはするも（［おはす。かかるも］）、大君はいと心ぐるし。

［備考］「御忌もはてぬ」この時は、次の歌に「をじかなく秋」とあるように秋、つまり八の宮の死の「八月二十日の程」から三十日経過した九月二十日頃。「時雨がちなり」「袖の時雨をもよほしがちなり」（［二六］）参照。「をじかなく秋の山里いかならむ小萩がつゆのかかるゆふぐれ」「小萩」姫君達を暗示。「小」に八の宮の子を響かす。「つゆ」

涙を暗示。「かかる」「掛かる」の意と「このような」の意との掛詞。寂しく暮らしている姫君達を労わる歌。「ただ」（1）「ただ今」（名詞。たった今・今の今）の一部とも、（2）副詞（「おぼし知らぬ」または「顔ならむ」に係る）とも取れる。「ただ今の空の気色を、おぼし知らぬ顔ならむ」返事がないということ。「顔ならむも、あまり心づきなくこそあるべけれ」「〜も、心づきなし」（1）＝「〜も（「に（格助・原因理由アルイハ接助・順接）も」）、匂宮は心づきなし、と思う」、または（2）＝「〜も（「は（主語）も」）、匂宮にとって心づきなし」（加筆原文はこれ）。「〜も、「人の心の有り様を表す語」」の構文。返事を促す文言。相手の言い分を誘い出す物言い。「枯れゆく野辺」歌語（新千載集の歌にある）。世間の無常を思わせる。「などあり」内容は、姫君達の悲嘆への思いやりよりも、姫君達への恋慕の情。「たびたびになりぬるを、なほ聞え給へ」「〜を、なほ〜」の構文。［二五］［二七］に既出。返事をしないと却って相手の恋情を煽（あお）る、とする父宮の意見（［九］）も顧みている。大君が次第に父宮の役割を担う。「中の宮」中の君が中の宮として初出。これ以後、大君を姫宮と呼ぶのと応じ合っている。「例の」匂宮に対する返事を書くのは、いつも中の君の役目であった。「そそのかす」［九］に既出。「今日までながらへて、硯など近くひき寄せて見るべきものとやは思ひし」「今日までながらへて」「ただいかにしてか、おくれ奉りては、世に片時もながらふべき、と思すに」（［一九］）、および「しばしにても、後れ奉りて、世にあるべきものと、おぼしならはぬ御心地どもにて」（［二三］）参照。（1）＝「今日までながらへて、硯などを近くひき寄せて見るべき（［べし（助動・推量）］という）もの［なり］（～のが普通である・～のが一般である・～ものである）とやは思ひし」（この意の「もの」は、［二五］に既出）、または（2）＝「今日までながらへて、硯などがアルイハを近くひき寄せて見るべき［助動・推量、当然、アルイハ必要］もの［物（硯）］［なり］とやは思ひし」。「心憂くも過ぎにける日数かな」「心憂くも」（1）「過ぎにける」に係る、または（2）「過ぎにける日数かな」に係る（［心憂き］ことにも）。「過ぎにける日数かな」（1）「日数」が「過ぎにけり」」（述語―主語。意味的関係）、または（2）「私（中の君）が「日数」を「過ぎにけり」」（述語―経過する期間。意味的関係）。「やうやうから起き居られなどし侍るが、げに限りありけるにこそ、と覚ゆるも」「やうやうから起き居られなどし侍るが、げに限りありけるにこそ」「し侍るが、限りありけるに［あり］」（1）＝「し侍ることが（が）、限りありける［け］（為・所為）なり」（Ⅰ型の「～にあり」の構文）、または（2）＝「し侍ることが（が）、限りありける地位・状態にあり」（Ⅱ型の「～にあり」の構文)。「やうやうかう起き居られなどし侍る」悲しみの薄れたさま。「覚ゆるも、うとましう心憂くて」「~も、[人の心の有り様を表す語]」の構文。こんなに悲しみが薄れたと思うと、父・八の宮に対して不誠実のように思われるから。「おはするも、いと心ぐるし」「~も、[人の心の有り様を表す語]」の構文。本段落にこの構文多出(3回)。

[二九] 匂宮より使が来る。大君の返歌。

[原文] 夕暮のほどより来ける御使、宵すこし過ぎてぞ来たる。「いかでか、かへりまゐらむ。こよひは旅寝して」と言はせ給へど、使者「立ちかへりこそ参りなめ」と急げば、いとほしうて、われさかしう思ひしづめ給ふにはあらねど、見わづらひ給ひて、

大君　涙のみ霧りふたがれる山里はまがきにしかぞもろごゑになく

黒き紙に、夜[よる]の墨つぎもたどたどしければ、ひきつくろふ所もなく、筆に任せて、おし包みて出し給ひつ。

[加筆原文] (夕暮のほどより[格助・時間的な起点](~から)京から宇治の山荘に来(行く)ける匂宮の御使が)、(宵(夜に入ってまだ間もない時)がすこし過ぎ(過ぎる)てぞ)来(来る)たる。(大君が、取り次ぎの女房に、「あなた(「御使」)は、いかでか

〔反語〕、京にかへ〔帰〕りまゐ〔参〕ら〔匂宮邸に行く意の謙譲語〕む〔助動・推量〕。あなたは、こよひはここに旅寝し（外泊する）て」と言はせ〔助動・使役〕給へど）、（使者は）、（「私（「御使」）は、立ちかへりこそ参り〔「（1）匂宮邸に行く意の謙譲語、または（2）再び宇治の山荘に来る意の謙譲語〕（（1）返事を持って、折り返しすぐに京に（帰って）行きます、または（2）返事を取りに、繰り返し再びこちら（宇治の山荘）に来ます）な〔助動・完了〕め〔助動・意志希望〕」と）急げば（〔急ぐ。（されば〕））、（大君は）、（「御使」をいとほしう（気の毒に思う・かわいそうに思う）て）、（われ（大君）をさか〔賢〕しう（気丈だ・しっかりしている）思ひしづ〔鎮〕め〔他動下二〕（心を落ち着かせる）給ふにはあらねど）、（さすがに姉君で）、（中の君が「らうたげなるさまに泣きしをれておは」（〔二十八〕）して返事できそうにないのを）見わづらひ〔補動四〕（〜しかねる）給ひて（〔見わづらひ給ふ。（さりて〕））、（大君は）、（返歌を）、（

大君　涙でのみ霧り（曇ってはっきり見えない）ふた〔塞〕がれ（一杯になる）る

私達（大君と中の君）の目のように〔霧り〔自動四〕（霧が懸かる）ふたがれ〔自動四〕（塞（ふさ）がる）る〕山里は（〔に（格助・場所）は〕）私達の山荘のまがき〔籬〕（柴・竹などで目を粗く作った垣）に〔格助・場所〕しか〔（1）「鹿」

（名）と「然」（副）との掛詞、または（2）「鹿」（名）」ぞもろごゑ「諸声」（互いに・一緒に発する声）になく（1）鹿達が声を揃えて鳴くように、私達（姫君達）もこうして・そのように一緒に泣いている、または（2）私達（姫君達）が泣くのと一緒に、雄鹿が鳴いている）と）、（黒き紙（鈍（にび）色・薄墨色の料紙）に）、（夜の「格助・時」（～における）墨つぎ（筆に付けた墨が少なくなったとき、改めて付けること）がもたどたどしけれ（（1）はっきりしない・よく見えない・ぼんやりしている、または（2）手元がおぼつかない・すらすらといかない）ば）、（大君が書の出来栄（ば）えをひきつくろふ「引き繕ふ」（体裁を整える・（上手にと）気取る）所がも）なく）、（筆に任せて（「任せて）書き給ひつ。（さりて」））、（大君は）、（書いた「黒き紙」を白い礼紙（らいし）でおし包みて手紙となさって）、（この手紙を取り次ぎの女房を介して「御使」に出し（渡す）給ひつ）。

［備考］「過ぐ」［二八］に既出。「「いかでか、かへりまゐらむ。こよひは旅寝して」と言はせ給へど」（1）大君が返事を書くための時間的余裕を作ろうとするから、または（2）中の君に返事を書かせるのに時間が掛かりそうだから。「いとほし」（1）使いが

夜に都に戻るのに対して、または（2）使いが返事を取るのが二度手間になるのに対して、大君の心の有り様を表す形容詞。「見わづらひ給ひて」大君自ら返歌を詠む理由。「涙のみ霧りふたがれる山里はまがきにしかぞもろごゑになく」「霧る」霧は宇治の象徴。悲しみの極致を詠んだ歌。贈歌の「をじかなく秋の山里いかならむ」に、姉妹の深い悲嘆を以て応ずる歌。「黒き紙に」「黒き紙」喪中だから。「に」（1）［格助・動作の対象］（「書き給ひつ」に係る。加筆原文はこれ）、または（2）［格助・原因理由］（「たどたどしけれ」に係る）。「ひきつくろふ所もなく」何方道（どっちみち）良く書けないのだ、という気持ちで、却って大胆になるのか、気を遣って丹念に書く、という気持ちがない。

［三〇］匂宮の使者、急遽帰参。匂宮、返書に見入る。

［原文］御使は、木幡［こはた］の山の程も、雨もよにいとおそろしげなれど、さやうの物おぢすまじきをや選［え］り出で給ひけむ、むつかしげなる篠［ささ］のくまを、駒ひきとどむる程もなく、うち早めて、片時に参りつきぬ。御前［おまへ］にても、いたく濡れて参りたれば禄［ろく］たまふ。前々［さきざき］御らんぜしにはあらぬ手の、今すこしおとなびまさりて、よしづきたる書きざまなどを、いづれかいづれならむ、と、

うちも置かず御らんじつつ、とみにも大殿［おほとの］ごもらねば、侍女「待つとて起きおはしまし、また御らんずる程の久しきは、いかばかり御心にしむ事ならむ」と、御前なる人々ささめき聞えて、にくみきこゆ。ねぶたければなめり。

［加筆原文］（匂宮の御使は）、（宇治から京への途中）、（木幡の山の程（辺り）がも、雨もよに（雨が激しく・頻（しき）りに降る状態で）、そしていとおそろしげなれど、（さやう（［雨もよにいとおそろしげなる］）の（に対する）物おぢ（物事を恐れること・物事に怯（おび）えること）をすまじき（、つまり屈強な・勇敢な）者をや匂宮が「御使」に選り出で給ひけむ［挿入句］）、（むつか［難］しげなる（いかにも気味が悪い・気味が悪い）篠の［格助・材料］くま［隈］（所・山道・辺り）を［格助・通過点］）、（駒をひ［引］きとど［止］むる（引いて止まらせる）程（時間）がもなく）、（「駒」をうち早めて）、（片時に（暫くの間に・忽（たちま）ち）京の匂宮邸に参りつきぬ）。（「御使」が匂宮の御前にて（［にありて・において］）も、いたく濡れて「御前」に参りたれば）、（匂宮は）、（「御使」に）（禄（褒美・祝儀）を）たまふ（お与えになる）。［（前々匂宮が御らんぜ［サ変・未然形］し中の君の「手」にはあらぬ大君の手（筆跡・筆蹟）の［格助・所有、マタハ格助・所在］（〜が有する、マタハ〜にある）、中の君の「書き

ざま」より今すこしおとなびまさりて（、）よしづきたる、大君の）書きざま［様］（書き振り・書風・筆の運び）などを、（匂宮は）、（「前々」の手紙と今回の手紙とのいづれがか、姉君によるものと妹君によるものとのいづれならむ」（、）と）、（下に）うちも置かず御らんじつつ［接助・反復、マタハ接助・継続］」、（とみにも）大殿ごもらねば（「大殿ごもらず。（されば」））、（侍女「（匂宮様が「御使」の帰りを待つとて起きおはしまし、また匂宮様が今回の手紙を御らんずる程（時間）の（が）久しきがは）、（あちら（宇治）の姫君様達がいかばかり匂宮様の御心にし［染］む［自動四］（心に深く刻み込まれる。つまり、匂宮様が姫君様達に御執心であられる）（「しむ」という）事）ならむ」と）、（匂宮の御前なる人々（女房達）は）、ささめき（低い声で話す・囁（ささや）く・ひそひそ話をする）聞え［補動］て、匂宮をにくみきこゆ［補動］。それ（「ささめき聞えて、にくみきこゆ」ということ）は、「御前なる人々」がねぶ［眠］たけれ（眠い）ば［接助・順接］な［助動・断定］めり。

［備考］「木幡の山」万葉集・拾遺集の歌（柿本人麿）が響いている。「雨もよに」歌語であろう。「よに」（［二四］）、「時雨をもよほしがちなり」（［二六］）および「時雨がちなり」（［二八］）参照。「おそろしげ」木幡山は、盗賊などの危険があって、恐ろしい所

とされていたらしい。「篠のくま」古今集の歌（巻二十）にある表現。「御前にても、いたく濡れて参りたれば」＝「御前にいたく濡れて参りたれば」。着替えする暇もなく、「御前に参」った。「禄たまふ」労を犒（ねぎら）う。「前々御らんぜしにはあらぬ手の…書きざまなどを」（1）「前々御らんぜしにはあらぬ手の」、（2）「今すこしおとなびまさりて、よしづきたる」、および（3）「大君の」が、いずれも「書きざまなど」に係る。「あらぬ手の」「の」（1）［格助・所有］（「あらぬ手」が有する「書きざまなど」）、または（2）［格助・所在］（「あらぬ手」にある「書きざまなど」）。「いづれかいづれならむ、と、うちも置かず御らんじつつ、とみにも大殿ごもらねば」匂宮は、どちらの女性かと夢中で、興奮している。匂宮の、熱中しやすい情熱的な性格がよく表れている。当時の手紙には差出人（書者）の署名はない。「ささめき聞えて、にくみきこゆ」＝「ささめきて、にくみきこゆ」。「ねぶたければなめり」ちょっと可笑（おか）しく言っている。匂宮に付き合って起きている。語り手の推測。「なり」が「ねぶたければ」という連用修飾節に接続している例文（通常は、体言または活用語の連体形に接続）。「人々ささめき聞えて、にくみきこゆ」の理由を、強調して語る文。

［三二］匂宮より再度来信。姫君達なお自重しようとする。

［原文］まだ朝霧深きあしたに、いそぎ起きて奉り給ふ。

　匂　朝霧に友まどはせる鹿の音［ね］を大かたにやはあはれとも聞く
　　諸声［もろごゑ］はおとるまじくこそ。

とあれど、あまり情［なさけ］だたむもうるさし、一［ひと］ところの御かげにかくろへたるを頼み所にてこそ、何事も心やすくて過しつれ、心より外［ほか］にながらへて、思はずなる事のまぎれ、つゆにてもあらば、うしろめたげにのみおぼしおくめりし、なき御魂［たま］にさへ疵［きず］やつけ奉らむ、と、なべていとつつましうおそろしうて、きこえ給はず。この宮などをば、かろらかにおしなべてのさまにも思ひきこえ給はず。なげの走り書い給へる御筆づかひ言［こと］の葉も、をかしきさまになまめき給へる御けはひを、あまたは見知り給はねど、これこそはめでたきなめれ、と見給ひながら、そのゆゑゆゑしく情［なさけ］ある方［かた］に言［こと］をまぜきこえむも、つきなき身の有様どもなれば、何か、ただかかる山伏だちて過してむ、とおぼす。

［加筆原文］匂宮は、昨日夜更けまで起きていたのに、まだ（［いまだ］）朝霧が深きあした［朝］（明くる朝・翌朝）に、いそ［急］ぎ［自動四］（早く事を終えようとする）

起きて、宇治にご返事・お手紙・歌を奉り（差し上げる）給ふ。
匂（朝霧に［格助・原因理由］友［八の宮を暗示］をまど［惑］はせ［他動四］（見失う・はぐれる）る）鹿［姫君達を暗示］の）音を大かたに（一通りだ・世間並みだ）やは［係助・反語］あはれとも私（匂宮）は聞く（［聞く］か、否（いや）［大かたならずあはれとも聞く］）
私の泣き声は、あなた様達（姫君達）の諸声は（［に（格助・比較の基準）は］）おとるまじくこそ［あれ］（。）

と、「奉り給ふ」内容はあれど（［あり。（されど］））、（大君は）、（［（匂宮様のお手紙に対して私（大君）があまり情だた（風流心があるように見せかける）むはも）（私にとって）うるさし（煩わしい・面倒だ・厄介だ）（、）。（今まで（父宮が御在世の頃））、（私は）、（（自分（大君）が一ところ（父宮お一人）の御かげ［蔭］（庇護）にかくろへたるを）（頼み所にて（［に）為して］）こそ、（何事も（［にも］）心やすくて）過しつれ（［過しつれ。（されど］））、（私は）、（（これから先、私が自分の心より外に（心ならずだ・望みもしないことだ）ながらへて（［ながらへば］）、そして）、（自分にとって思はずなる（思い掛けない・心外だ・不本意だ）男女間の事のまぎれ（ごたごた・騒ぎ・間違い）が、

つゆにてもあらば）｝、（自分自身には言うまでもなく、妹にも）、（［疵をや）つけむ。ま
た、」（私は）、［｛（「思はずなる事のまぎれ」を自分達姉妹にうしろめたげにのみおぼし
おくめりし）、（肉体のなき）そして（父宮の）｝御魂（魂（たましい）・霊魂）にさへ］、
（疵をや［係助・疑問］）つけ奉らむ」（、）と）、（男というものが、マタハ男との付き合
いが）（なべて［副］（押し並（な）べて・総体に・一体に））、（御自分（大君）にとっ
て）（いと）つつましうおそろしうて｝、（匂宮にお返事をきこえ［他動］（差し上げる）
給はず）。大君は、この宮（匂宮）などの「さま」をば、かろらかにお［押］しな［並］
べての（普通一般の）さまにも思ひきこえ［補動］給はず。（大君は）、［｛（な［無］げ
［（形動）の語幹］（心が籠もっていない・無造作だ（悪い語感はない））の、匂宮が走り
書い給へる御筆づかひ（筆跡・筆の運び）や言の葉（言葉遣い・言葉・文章）がも、を
かしきさまになま［生］めき（自然に美しい・形式張らず自然だ）給へる（［なまめき
給へり］）ということの）御けはひを［格助・動作の対象］｝、（御自分（大君）が）（あ
または）見知り給はねど］、（「これ（「御けはひ」）こそはめでたきなめれ」（、）と）見
給ひながら（［見給ふ。（さりながら（接助・逆接）］））、（大君は）、［｛（そ（「これ」）の
ゆゑゆゑしく情ある方（お方（匂宮）、方面・点・向き、マタハお手紙）に御自分が言

をま〔交・混〕ぜ〔他動下二〕（言葉を交わす・口を出す）きこえ〔補動〕むがも、つきなき（似つかわしくない・相応しくない・不似合いだ））（御自分達姉妹の）身の有様どもなれば〕、（「何か〔感〕（どうしてどうして）、私（大君）は、ただかかる山伏だちて過してむ」（、）と）おぼす。

〔備考〕「奉る」与える意の謙譲語。匂宮の熱度が感じられる。「まどはせる」「まどはす」「まど〔惑〕ふ」〔自動四〕参照。「鹿」に係り、「音」には係らない。「諸声」大君の歌の「もろごゑになく」を受ける。「あまり情だたむもうるさし…御魂にさへ疵やつけ奉らむ」「あまり」〔二八〕に既出。「思はずなり」直前の「心より外なり」と類義語。「魂」人間の精神活動を営むもので、人間が死ぬと肉体を離れて存続する、と信じられた。「今や姉妹だけ。姉である自分がしっかりしなければいけない」と、姉らしい大君の反省の仕方。男と言えば父・八の宮とだけ付き合ってきた奥手の姫君達。慎重すぎるほど控え目な大君の性格。大君は、亡き父・八の宮の訓戒（〔一九〕）を意識・回顧している。「かろらかにおしなべてのさまにも思ひきこえ給はず」「かろらかにおしなべてのさま」「かろらかに」（1）中止法（「おしなべての」と並列）で、「さま」に係る、または（2）中止法（「おしなべてのさまに」と並列）で、「思ひ」に係る。「おしなべての」格助詞

「の」が副詞「おしなべて」に付いた例。「おしなべて」１行前の「なべて」とは類義語であるが、ここでは意味が違う。何でも彼（かん）でも女性というと、すぐに寄ってくる。女の方に隙があれば、好色的に・無責任に言い寄ろうとする。「思ひきこえ給はず」大君は、匂宮を、同じ皇族であり、その意味では血の繋がりもあるから、尊い御身分の方として尊敬している。「なげの」「御筆づかひ言の葉」に係る。「筆づかひ」［三〇］に既出の「手」および「書きざま」参照。「まぜきこえむも、つきなき身の有様ども」（１）「「まぜきこえむ」が「身の有様ども」に「つきなし」」、または（２）「「まぜきこえむ」に「身の有様ども」が「つきなし」」（意味的関係）。「何か」上の語（「これこそはめでたきなめれ、と見給ひ」）を打ち消して反対の語を述べるときにいう語。「ただかかる山伏だちて過してむ、とおぼす」「かかる山伏だつ」［自動四］。「と」（１）「そのゆゑゆゑしく情ある方に」からを受ける、または（２）「何か」からを受ける（加筆原文はこれ）。大君は、「この山里をあくがれ給ふな」という父宮の訓戒（［一九］）に従い、修行僧のように押し通そうとする。大君は、今、男性を受けつけない・撥（は）ね付ける気持。男性と言えば父宮とだけ山里で世間と接触することなく過ごしてきた世馴れ無さのために、ぐんぐんと自分達の心に入り込んでくる匂宮に対して、慎重で警戒心が強い。そして恐ろしいとも思う。

［三二］　薫、宇治を訪う。姫君と直接対話することを懇望。

［原文］中納言殿の御返りばかりは、かれよりもまめやかなるさまに聞え給へば、これよりもいと気疎［けうと］げにはあらず、きこえ通［かよ］ひ給ふ。御忌はてても、みづからまうで給へり。ひむがしの廂［ひさし］のくだりたる方にやつれておはするに、近うたち寄り給ひて、古人［ふるびと］召し出でたり。闇に惑ひ給へる御あたりに、いとまばゆくにほひ満ちて、入りおはしたれば、かたはらいたうて、御答［いらへ］などをだにえし給はねば、薫「かやうにはもてない給はで、昔の御心むけに従ひ聞え給はむさまならむこそ、きこえ承［うけたまは］るかひあるべけれ。なよび気色ばみたるふるまひをならひ侍らねば、人伝［ひとづて］にきこえ侍るは、言［こと］の葉もつづき侍らず」とあれば、大君「あさましう、今までながらへ侍るやうなれど、思ひさまさむ方［かた］なき夢にたどられ侍りてなむ、心より外［ほか］に空のひかり見侍らむもつつましうて、端［はし］近うもえみじろき侍らぬ」と聞え給へれば、薫「ことといへば、限りなき御心の深さになむ。月日のかげは、御心もて晴々しくもて出でさせ給はばこそ、

罪も侍らめ。行く方［かた］もなく、いぶせうおぼえ侍り。また思さるらむはしばしをも、あきらめ聞えまほしくなむ」と申し給へば、げにこそいと類［たぐひ］なげなめる御有様を、なぐさめ聞え給ふ御心ばへの、浅からぬほどなど、人々聞え知らす。

［加筆原文］（姫君達は）、（中納言殿（薫）への御自分達（姫君達）の御返りばかりをは）、（薫がかれ（あちら（薫））より［格助・起点］（から）も御自分達にまめやかなる（真面目だ）さまに聞え［他動］（差し上げる）給へば）、（これ（こちら（姫君達））より［格助・起点］（から）も）、（いと気疎（厭わしい・気に染まない）げにはあらず（、）きこえ［他動］（差し上げる）通ひ（［通はし］）給ふ。八の宮の御忌がはてても［係助・列挙］（も（喪中と同様に））、薫は、みづから宇治の八の宮邸にまうで給へり。（姫君達は）、［｛（ひむがしの廂の）（「ひむがしの廂」よりくだ［下・降］り（床が低い）たる）｝方に］（やつ［窶］れ［自動下二］（服喪のため、故意に衣服などを質素にする）て）おはするに［接助・順接］（［おはす。かかるに］）、薫は、「ひむがしの廂のくだりたる方に」近うたち寄り給ひて、自分（薫）と姫君達との取り次ぎ役として、古人（弁の君）を召し出でたり。（姫君達が悲しみで心の闇に惑ひ給へる御あたり（お部屋の付近に）、（いとまばゆく（［まばゆき］ばかりに・程に・位に）薫のにほひ（華やかな様・

人目に付く際立った美しさ・生き生きとした美しさ）が満ちて［接助・状態］）、（薫は）入りおはしたれば（「入りおはしたり。されば」）、姫君達はマタハ大君は、かたはらいたう（気が引ける・気恥ずかしい・決まりが悪い）て、対面は勿論、取り次ぎを介しての御答（応答・返事）などをだにえし給はねば（「えし給はず。（されば」））、（薫「（あなた様達（姫君達）が私（薫）をかやうにはもてない給はで（「もてない給はざらむこそ」））そして、（「もてない給ふさま」が、昔（故人（八の宮））の御心むけ（意向・方針・仕向け）に従ひ聞え［補動］給はむさまならむこそ（「に（格助・場所範囲）こそ」））、（私があなた様達にきこえ［他動］（申し上げる）、またあなた様達から承るかひは）あるべけれ［助動・当然］。（私が）（なよび［自動上二］（なよなよする・柔らかくしなやかなだ・色めかしい）気色ばみ［自動四］（格好を作る・気取る）たるふるまひを）な［馴］らひ（し馴れている）侍らねば）、（私があなた様達に人伝に［格助・手段方法］きこえ［他動］（申し上げる）侍るは（「に（格助・時）は」））、（「きこゆる」言の葉がも）つづき侍らず」と）、（薫の「言の葉」が）あれば（「あり。（されば」））、（大君は）、「（私（大君）がマタハ私達（姫君達）が）、（あさましう（「あさましき（意外だ・思い掛けない・呆（あき）れる）」ことに）、今までながらへ侍るやう（風・様・感じ）なれど）、（思ひさ［醒・覚］まさ（覚ます・解く）む方（方法）がなき夢（心の迷い）に［格助・原因理由マタハ場所］）たど［辿］ら［自動四］（思い悩むマタハ彷徨（さまよ）う）れ［助動・自発］侍りてなむ）、（私がマタハ私達が心より外に（［心より外なる］ことに）空のひかりを見侍らむはも）つつましう（悪いことだと思う・憚られる・恐れる・遠慮される）て（［つつましき。さりてなむ］）、私はマタハ私達は、「くだりたる方」（本段3行目）の端に近うもえみじろ［身動］き（体を少し動かす）［人伝ならず聞え］侍らぬ」と）、（弁の君を介して）（薫に）聞え［自動］給へれば（［聞え給へり。（されば］））、（薫は）、（「こと［異マタハ言］といへば（（1）余りと言えば余りな、または（2）仰しゃることと言えば）、あなた様達（姫君達）の限りなき御心（思慮・考え）の深さ（（1）［限りなく異なる御心の深さ］、または（2）［限りなく心深き御言］）になむ（［なり、となむ］、私（薫）は［思ひ侍る］）。（月日のかげ［影］（日や月の光）の当たる所は（［に（格助・到達点）は］）（、）あなた様達が御心もて（自分の心から）晴々しく（憚るところがない・晴々としている）もて出でさせ給はばこそ）、（そのことに）、（罪（道徳または慣習に反し、非難される点）がも）侍らめ。（私は）、（自分（薫）が、折角お訪ねしたのに、行く方がもなく）、（いぶせう（気が晴れない・気詰まりだ）おぼえ〔自動・自発〕侍り。また、（私は）、（あなた様達が思さる〔助動・自発〕らむこと（お悲しみ）のはしばし〔端々〕（ちょっちょっとしたこと）をも）（、）あき〔明〕らめ〔他動下二〕（心を晴らす・気を紛らす）聞え〔補動〕まほしくなむ」と）申し給へば（〔申し給ふ。されば〕）、〔以下、1行後の「人々聞え知らす」までは〔備考〕参照〕げに（（1）本当に・全く・いかにも、または（2）（薫の「思さるらむはしばしをも、あきらめ聞えまほしくなむ」との仰せの通り）成る程・やはり）こそいと類なげなめる姫君様達の（直接話法）、マタハ姫君達の（間接話法）御有様を、薫様が（直接話法）、マタハ薫が（間接話法）なぐさめ聞え〔補動〕給ふ御自分（薫）の御心ばへの（が）、浅からぬほどなど、人々（女房達）は、大君に、マタハ姫君達に聞え〔他動〕（申し上げる）、そして知ら（理解する）す〔助動・使役〕。

〔備考〕「いと気疎げにはあらず、きこえ通ひ給ふ」姫君達の態度は、匂宮に対するのと薫に対するのとが違っている。「くだりたる方」服喪中はここで過ごす。「土殿」〔つちどの〕（服喪用の土間の仮屋）参照。「やつれておはするに」「御忌もはてぬ」（〔二八〕参照。「闇に惑ひ給へる」化粧もしていない。「いとまばゆくにほひ満ちて」「闇に惑ひ給へる」と対照的。「あさましう、今までながらへ侍るやうなれど、思ひさまさむ方なき夢にたどられ侍りてなむ」「あさましう」（1）「ながらへ侍る」に係る（加筆原文はこれ）、または（2）「たどられ侍り」に係る。「思ひさまさむ方なき夢にたどられ侍りてなむ」父宮との死別の衝撃・悲嘆から立ち直れない心境。「心より外に空のひかり見侍らむもつつましうて」服喪中は、月日の光に当たる（明るい所に出ていく）ことはいけないことになっている。謹慎の意を表わそうとする人は、月日を見ることを避ける。「月日のかげ」2行前の「空のひかり」に対応。「げにこそいと類なげなめる御有様を、なぐさめ聞え給ふ御心ばへの、浅からぬほどなど、人々聞え知らす」「げに」「類なげなめる」に係る。注釈書の記載から推察される文構造は、主に「を」および「ほどなど」の解き方によって、次の（1）～（4）のように分かれている、と考えられる。即ち、（1）＝「（［｛（げにこそいと類なげなめる御有様を［格助・動作の対象］（、）なぐさめ聞え給ふ）御心ばへの、浅からぬ｝ほどよ」など［なにと。引用句を受ける。直接話法］（などと））、（［かかるほどを］）（人々）聞え知らす」、（2）＝「［［｛（げにこそいと類なげなめる御有様［なる］を［接助・順接］、姫君達をなぐさめ聞え給ふ）御心ばへの、浅からぬ｝ほどなど［間接話法］（など）を］、（人々）聞え知らす」、（3）＝「（［げにこそいと類なげなめる御有様を［終助・詠嘆］（、）。姫君様達をなぐさめ聞え給ふ御心ばへの、浅からぬほどよ」など［なにと。引用句を受ける。直接話法］（などと））、（［かかるほどを］）（人々）聞え知らす］、および（4）＝「［［｛（げにこそいと類なげなめる御有様を［格助・動作の対象］（、）なぐさめ聞え給ふ）御心ばへの、浅からぬ｝ほどなど［間接話法］（など）を］、（人々）聞え知らす」の通り。女房達は、大君に薫との直接の対話を勧める。

［三三］大君、わずかに応答、薫と唱和。

［原文］御心地にも、さこそいへ、やうやう心しづまりて、よろづ思ひ知られ給へば、昔ざまにても、かうまで遙［はる］けき野辺［のべ］を分け入り給へるこころざしなども、思ひ知り給ふべし、すこしゐざり寄り給へり。おぼすらむさま、また宣ひ契りし事など、いとこまやかになつかしう言ひて、うたて男々［をを］しきけはひなどは見え給はぬ人なれば、気疎［けうと］くすずろはしくなどはあらねど、知らぬ人にかく声を聞かせ奉り、すずろに頼み顔なることなどもありつる日頃を思ひつづくるも、さすがに苦しうて、つつましけれど、ほのかに一言［こと］など答［いら］へきこえ給ふさまの、げによろづ思ひほれ給へるけはひなれば、いとあはれと聞き奉り給ふ。黒き几帳の透影

［すきかげ］の、いと心苦しげなるに、ましておはすらむさま、ほの見し明けぐれなど、思ひ出でられて、

薫　色かはるあさぢを見ても墨染にやつるる袖をおもひこそやれ

と、ひとりごとのやうに宣へば、

大君「色かはる袖をばつゆのやどりにてわが身ぞさらにおきどころなき

はつるる絲は」

と末は言ひ消ちて、いといみじく忍び難きけはひにて、入り給ひぬなり。

［加筆原文］（大君は）、［（御自分（大君）の御心地にも）、（さ［「あさましう、今までながらへ侍るやうなれど…端近うもえみじろき侍らぬ」（［三二］）と］こそいへ）、［（やうやう御自分の心がしづまりて（［しづまり給へば］）、そして）、（御自分が［思ひさまさむ方なき夢にたどる］状態から正気の状態に返っていることをよろづ［副］（すっかり）思ひ知られ［助動・自発］給へば）］］、［（薫が昔（姫君達との誼（よしみ）がない、父宮在世時）ざまにて（［にありて］）も、かうまで都から遙けき野辺を［格助・通過点］分け入り給へる）薫のこころざしなどをも、御自分が思ひ知り給ふべし［助動・語り手の推量］］、［（［端近う］）（すこし）ゐざり寄り給へり。（薫は）、［（姫君達が悲しくおぼす

らむさま［［備考］参照］や、また御自分（薫）が八の宮に、マタハ八の宮が御自分（薫）に宣ひ契りし事などを、姫君達に、いとこま［細・濃］やかに（詳細だ・綿密だ・丁重だ）なつか［懐］しう（優しく柔和だ）言ひて（［言ひ給ふ人なれば）、また］）、（うたて［副］（不味（まず）いことに・困ったことに）男々［雄々］しき（男らしい・粗暴だ・荒々しい・恐（こわ）そうだ）けはひなどがは大君から見え［他動・受身］給はぬ人なれ（［人］で御自分がある）ば）、（大君にとって気疎く（気に染まない・厭わしい・気味が悪い）そしてすず［漫］ろはしく（そわそわしてじっとしていられない・居心地が悪い）などは）あらねど（［あらず。（されど］））、（大君は）、［（父宮とは仲が良いが自分（大君）が知らぬ人（他人（薫））に）（自分が）（かく）（自分の声を）聞かせ［助動・使役］奉り（［奉るも（にも）］］）、そして（自分達（姫君達）がすず［漫］ろに（漫然と・何となくずるずると）薫に対して頼み顔なる（［頼み顔なり］という）ことなどがもありつる［助動・過去のことを表わす］日頃を）（自分が）思ひつづくるも（［にも］）］、（さすがに［副］（やはり））（薫に対して）苦しう（心が痛んで安らかでない）て、つつましけれ（心が慎まれる・気が引ける）ど（［つつまし。されど］）、大君は、ほのかに一言などを薫に答へきこえ給ふさまの（［答へきこえ（補動）給ふ。［（かかるさまの」））、（げに（成る程・いかにも、大君が「思ひさまさむ方なき夢にたどられ侍りてなむ」（三二）と言われる通り）大君がよろづ［副］（万事・何に付けても）思ひほ［惚・耄］れ（放心する・ぼんやりする）給へる（「思ひほれ給へり」という））けはひなれば］、（薫は）、（いとあはれ（労（いた）わしい・かわいそうだ・気の毒だ）と）聞き（（1）「一言など」を耳で感じ取る、または（2）「さま」「けはひ」を聞き入れる・承知する）奉り給ふ。（薫は）、［（黒き几帳（鈍（にび）色・薄墨色の帷子（かたびら）を用いた几帳）の透影［すきかげ］（物越しに透いて見える姿）の（が）、薫にとっていと心苦しげなるに［接助・順接マタハ逆接］）、（まして［副］況（いわん）や・言うまでもなく）、（姫君達がおはすらむさまを）や、（姫君達をほの見し明けぐ［暗］れ（夜が明けようとして、まだ少し暗い頃）などを））、（御自分（薫）が）思ひ出でられ［助動・自発］て］、

薫（私（薫）は）、（秋が深まって色がかはるあさぢ［浅茅］を自分（薫）が見ても［間助・詠嘆］）、（墨染にやつるるあなた様達（姫君達）の袖を）おもひこそやれ

と、（ひとりごとのやうに）宣へば（［宣ふ。されば］）、大君は、

大君〔〕（あなた様（薫）が私達（姫君達）のことを思いやって下さる通り、私（大君）が色のかはる私の袖をば私の涙のつゆのやどりにて（〔になして（接助・順接）〕）、（わが身にはぞ）（さら〔更〕に〔副〕（全く、マタハ改めて・今更））（「わが身」のお〔置〕きどころが）（この世に）なき

はつるる〔自動下二〕（端から少し解（ほど）ける・解（ほつ）れる）絲は〔〕

と、こ（〔はつるる糸は〕）の末をは言ひ消ちて（〔言ひ消ち（言い掛けて止める）給ふ。

さりて〕）、大君は、いといみじく忍び（我慢する）難きけはひにて〔格助・状態、マタハ〔にありて〕〕（〜で）、奥に入り給ひぬ〔助動・完了〕なり〔助動・伝聞推定〕。

〔備考〕「御心地にも、さこそいへ…すこしゐざり寄り給へり」薫に対する信頼が大君の心の中に育っている。「おぼすらむさま」注釈書の口語訳は、（1）姫君達が如何ばかり・どんなに悲しくお思いになっているのだろうか、ということ、（2）姫君達がお嘆きであろう心中、および（3）姫君達の御悲嘆の様子。「宣ひ契りし事」〔一三〕参照。「いとこまやかになつかしう言ひて」姫君達の世話を焼くことを厚かましく押しつけがましく言わない薫の床しさ。「うたて」「男々しき」に係る。「苦しうて、つつましけれど」これが大君の一つの性格であり、また大君が嗜（たしな）みだと思っているところ。薫

に負い目を感じる。「答へきこえ給ふさまの、げによろづ思ひほれ給へるけはひなれば」＝「答へきこえ給ふさまのけはひ、げによろづ思ひほれ給へるものなれば」（「さまの」の［の］は、「けはひ」に係る）。「黒き几帳の透影」意味的関係は、（1）「「黒き几帳」越しに見える大君の、アルイハ姫君達の「透影」（姿）」、または（2）「御簾越しに見える・御簾の隙間から見える「黒き几帳」の「透影」（有様・様子）」。「黒き几帳」喪中ゆえの装い。「いと心苦しげなるに、まして」加筆原文と違って、「いと心苦しげなるに［格助・作用の対象。次の「まし」に係る］（、）ま［増］し［自動四・連用形］て［接助］｛(程度が～に) 勝って｝」とも取れる。「ほの見し明けぐれ」橋姫の巻参照。あのときは、有明の月が出たり霧に隠れたりという状況で、「明けぐれ」ではなかったが、それをここではこう要約している。「色かはる…おもひこそやれ」「色かはるあさぢ」から、涙に濡れて色濃く変わる喪服の袖を想像する歌。薫は、姫君達姉妹と一緒に、自分の事のように悲しむ、という近付き方をしている。「ひとりごとのやうに宣へば」特に詠み掛けて返歌を期待する風でもない独吟の体（てい）。これが大君に聞こえた。「おきどころ」「お［置］き」は「つゆ」の縁語。「はつるる絲は」「藤衣（喪服）はつるる糸はわび人の涙の玉の緒（命。短いことの譬（たと）え）とぞなりける」（古今集・哀傷）をうまく使って、自分の気持ちを訴えようとした。「入り給ひぬなり」「入り給ひぬ」を衣擦（きぬずれ）れの音などで推定。

［三四］弁の君、今昔を語る。薫、心情を訴えて泣く。

［原文］ひきとどめなどすべき程にもあらねば、飽かずあはれにおぼゆ。老人［おいびと］ぞ、こよなき御かはりに出で来て、昔今をかき集め、悲しき御物語どもきこゆる。有り難くあさましき事どもをも見たる人なりければ、かうあやしく衰へたる人ともおぼし棄てられず、いとなつかしうかたらひ給ふ。薫「いはけなかりし程に、故院に後［おく］れ奉りて、いみじう悲しきものは世なりけりと、思ひ知りにしかば、人となり行く齢［よはひ］にそへて、官位［つかさくらゐ］、世の中のにほひも、何とも覚えずなむ。ただかう静やかなる御すまひなどの、心にかなひ給へりしを、かくはかなく見なし奉りつるに、いよいよいみじく、かりそめの世の思ひ知らるる心もよほされにたれど、心苦しうてとまり給へる御事どもの、ほだしなど聞えむは、かけかけしきやうなれど、ながらへても、かの御言［こと］あやまたず、聞えうけたまはらまほしさになむ。さるは、おぼえなき御古物語聞きしより、いとど世の中に跡［あと］とめむとも覚えずなりにた

りや」と、うち泣きつつ宣へば、この人はましていみじく泣きて、えも聞えやらず。御けはひなどのただそれかと覚え給ふに、年頃うち忘れたりつるいにしへの御事をさへ取り重ねて、聞えやらむ方もなく、おぼほれ居たり。

［加筆原文］（薫は）、（自分（薫）が［入り給ひぬなる］に対するひきとどめなどをすべき［助動・可能マタハ妥当］程（折・時・場合）にもあらねば）、（飽かずあはれにおぼゆ［他動マタハ自動・自発］［［備考］参照］。（老人（弁の君）がぞ）、（こよなき｛（1）一緒に話をしたいという薫の気持ちが、大君とより、または（2）身分が大君より）格段に劣っている・とんだ・とんでもない｝大君の御かはりに［格助・役割］（として）端近に出で来て）、（昔や今をかき集め）、（柏木や八の宮に関わる悲しき御物語どもを薫にきこゆる［他動］（申し上げる））。（弁の君が有り難くあさましき事どもをも見たる人なりければ）、（薫は）、（弁の君を「かうあやしく衰へたる人」ともおぼし棄てられ［助動・可能］ず）、（弁の君と）（いとなつかしう）かたらひ給ふ。（薫は）、「（私（薫）は）、（自分（薫）がいはけなかりし程に、故院（光源氏（表向きの父親））に後れ奉りて、「いみじう悲しきものは世なりけり」と（、）思ひ知りにしかば）、（自分が人（大人）となり行く齢にそへて（と共に））、（官位（官と位）や、世の中のにほひ（華やか

なさま・栄華・光・威光）をも）、（何とも）覚え［他動・可能］ずなむ。［以下、3行後の「かけかけしきやうなれど」までの文構造は、［備考］参照］［｛（ただ［副］（他のものではなく・偏に・実に）かう静やかなる八の宮様の御すまひ（暮らしぶり、マタハ住まい・住居）などの（が）、御自分（八の宮）の心にかなひ給へりしを［接助・逆接］、私がかくはかなく八の宮様の死を見なし［補動四］（殊更にする）奉りつるに［接助・順接］、いよいよいみじく、かりそめの世の（を）思ひ知らるる［助動・自発］私の心をももよほされ［助動・自発］にたれど、姫君達が私にとって心苦しうてとまり（後に残る・生き残る）給へる御事どもの（を）、私の出家に対するほだし［絆］（人の身を束縛するもの）など私が姫君達に聞え［他動］（申し上げる）むは）、かけかけしき（好色めいている・懸想めいている・懸想めいた口実のようだ）やうなれど｝、（私がながらへても［間助・詠嘆］）、｛（1）私がか（八の宮）の御言をあやまたず（［あやまたざらまほしく］））、（2）私が姫君達の相談事を姫君達に聞え（［聞え（他動。申し上げる）まほしく］））、そして（3）私が姫君達から姫君達の相談事をうけたまはらまほしさ（［うけたまはらまほし］））｝］という私の心の程）になむ［侍る］。さるは［接］（と言っても実は・とは言え）、私があなた（弁の君）からおぼ［覚］えなき（思い掛けない）御古物語を聞きしより、私は、いとど「世の中に跡と［留］め（生き長らえる）む」とも覚え［自動・可能］ずなりにたりや」と）、（うち泣きつつ）、（弁の君に）宣へば（［宣ふ。されば］）、この人（弁の君）は、薫にま［増］していみじく泣きて、薫にえも聞え［自動マタハ他動］（申し上げる）やらず。（弁の君は）、（薫の御けはひなどの（が）「ただそれ（その人（柏木））か」と自分（弁の君）から覚え［他動・受身］給ふに［接助・順接］（～ので・～につけて））、［（自分（弁の君）が年頃うち忘れたりつるいにしへの御事（「御古物語」）をさへ（自分が）（八の宮の死に）取り重ねて］、（自分が薫に聞え［自動マタハ他動］（申し上げる）やらむ方がもなく）、おぼ［溺］ほれ［自動下二］（涙で意識が混乱する・何がなんだか分からなくなる・ぼうっとする）居たり。

［備考］「ひきとどめなどすべき程にもあらねば」「あらね」の主語は、「大君が悲嘆に沈んでいる今」。Ｉ型の「～にあり」の構文。「飽かずあはれにおぼゆ」「飽く」［自動四］満足する・十分と思う・満ち足りている。「あはれ」［三三］に既出。（１）「［入り給ひぬなる］を飽かず（［「飽かず（物足りない・不満だ・心残りだ）」とおぼえ］、そして）大君をあはれにおぼゆ（［「あはれなり（労わしい）」とおぼゆ］）」、または（２）「［入り給ひぬなる］を飽かずあはれに（［「飽かず（堪らなく）あはれなり（悲しい）」と］）お

ぼゆ」（加筆原文はこれ）。「有り難くあさましき事ども」弁の君が薫に十分話したこと。柏木の物思い、女三の宮と柏木との関係、柏木の懊悩や死など。橋姫の巻参照。「あさまし」［三二］に既出。「おぼし棄てられず」弁の君は、薫にとって、非常に深い内容を事実として知っている女性、ということになっている。「なつかし」［三三］に既出。「にほひ」［三二］に既出。「ただかう静やかなる御すまひなどの、心にかなひ給へりしを……かの御言あやまたず、聞えうけたまはらまほしさになむ」4行。「［｛（ただかう静やかなる御すまひなどの、心にかなひ給へりしを、かくはかなく見なし奉りつるに）、（いよいよいみじく、かりそめの世の思ひ知らるる心も）もよほされにたれど｝、（心苦しうてとまり給へる御事どもの）、（ほだしなど）聞えむは］、かけかけしきやうなれど」。「ただ」「静やかなる」マタハ「かなひ給へりし」に係る。「心にかなひ給へりしを」「見なし奉りつる」に係る。「見なし奉りつるに」「もよほされにたれ」に係る。「いよいよいみじく、かりそめの世の思ひ知らるる心ももよほされにたれど」（1）「いよいよいみじく［中止法。「もよほされにたれ」と並列］（とても悲しく）、そしてかりそめの世の思ひ知らるる心も［いよいよ］もよほされにたれど」、または（2）「いよいよいみじく（いよいよ激しく・甚だしく）、かりそめの世の思ひ知らるる心ももよほされにたれど」。出家遁世をも思う気持ち。「もよほされにたれど」「聞えむ」に係る。「心苦しうてとまり給へる御事どもの、ほだしなど聞えむ」(1)「「心苦しうてとまり給へる御事どもの(が)、ほだし[なり]」など聞えむ」、または(2)「心苦しうてとまり給へる御事どもの(を)、ほだしなど聞えむ」(加筆原文はこれ)。「とまり給へる御事ども」「「とまり給へる」ことから生じる「御事ども」」(原因―結果。意味的関係)。「かけかけしきやうなれど」「かの御言あやまたず、聞えうけたまはらまほしさ」の「あやまたず」、「聞え」および「うけたまはら」に係る。気が止(さ)したので、言い訳している。「かの御言」[一三]参照。「聞えうけたまはらまほしさになむ」「聞えうけたまはる」御相談相手になる・お付き合い申し上げる・お世話申し上げる(意訳)。「まほしさ」「さ」[接尾]。形容詞型活用の助動詞の語幹に付いて名詞を作り、状態・程度を示す。薫は自分の二人の姫君に対する親しいあり方を一生懸命に語っているが、そこには、大君と結婚したいという真意が秘められている。「さるは」話題を自己の出生に関わる柏木の一件に転ずる。「御古物語」「御」実父(柏木)・母(女三の宮)に対する敬意。「覚えずなりにたりや」仏に仕える身となって(出家して)柏木の罪障を晴らしたい思い。出家して柏木の菩提を弔いたい(冥福を祈りたい)という気持。「官位、世の中のにほひも、何とも覚えずなむ」(5

行前）とも照応。一方では姫君達に対する関心が募るばかりで、もう一方ではこの世に関心が持てなくなる、という相反する二つの面が、併存（共存）する。「うち泣きつつ宣へば」相反する二つの面の併存のため、薫は非常に辛い。当時、貴族は泣いても構わない。「御けはひなどのただそれかと覚え給ふに」「御けはひなどの…覚ゆるに」とある（「給ふ」がない）のとでは、「の」および「覚ゆ」の取り様が相違する。「ただ」6行前に既出。

［三五］弁の君の素姓と、姫君達に対する後見。

［原文］この人は、かの大納言の御乳母子［めのとご］にて、父はこの姫君達の母北の方の、母方の叔父、左中弁にて失［う］せにけるが子なりけり。年頃遠き国にあくがれ、母君もうせ給ひて後、かの殿には疎くなり、この宮には尋ね取りてあらせ給ふなりけり。人もいとやむごとなからず、宮仕なれにたれど、心地なからぬものに宮もおぼして、姫君達の御後見［うしろみ］だつ人になし給へるなりけり。昔の御事は、年頃かく朝夕に見奉りなれ、心へだつるくまなく思ひきこゆる君達にも、一言［こと］うち出できこゆるついでなく、しのびこめたりけれど、中納言の君は、ふる人の問はず語り、皆例の事

なれば、おしなべて淡々しうなどは言ひひろげずとも、いとはづかしげなめる御心どもには、聞き置き給へらむかし、とおしはからるるが、ねたくもいとほしくも覚ゆるにぞ、またもて離れてはやまじ、と、思ひ寄らるるつまにもなりぬべき。

［加筆原文］この人（弁の君）は、かの大納言（柏木）の御乳母子にて（「なりけり。また」）、（弁の君の父は）、［〔（この姫君達（大君と中の君）の母である北の方の）、つまり（「この姫君達」の母方の）〕叔父であって］、（左中弁にて失せにける（「失せにけり。」）この人は、かかる父」）が子なりけり。［〔（弁の君が年頃遠き国（九州地方・筑紫）にあくが［憧］れ（場所を離れて彷徨（さまよ）う））、（弁の君の父・左中弁が「うせ」）、（姫君達の母君（北の方。弁の君の従姉（いとこ））がもうせ給ひ）て後〕、（弁の君の母縁（ゆかり）のかの殿（柏木や弘徽殿女御の住んでいた致仕大臣邸）には）（弁の君が）疎く（疎遠だ）なり］、（八の宮が）（この宮（自邸）には）（弁の君を）尋ね取り（求めて引き取る・探して手に入れる）てあらせ［助動・使役］給ふなりけり。〔（弁の君の人（人柄・人品）がもいと［副］〔（下に打消しの語を伴って）それほどは・たいして・あまり〕（「やむごとなからねど」））、そして（弁の君が宮仕になれにたれど）〕、（弁の君を）（心地な

から（分別がない・思慮が浅い）ぬものに）、（宮（八の宮）はも）おぼして（［おぼせるなりけり。（さりて」））、（八の宮は）、（弁の君を）、（姫君達の御後見だつ［接尾四］（〜めく・〜のように見える・〜がかる）人に）なし給へるなりけり。（弁の君は）、（昔の御事（柏木と女三の宮との密事・秘事・事件）をは）、［〔（自分（弁の君）が年頃かく朝夕に見奉りなれ、自分の心を姫君達の「心」からへだつる姫君達に対する自分のくま［隈］（心に隠していること・秘め事）がなく思ひきこゆる［補動］君達（姫君達）にも）、（「昔の御事」の一言をも）（自分が）うち出できこゆる〕ついで［序］（折・機会）がなく〕」、（胸の中に）しの［忍］び（隠す）こ［籠・込］め（閉じ込める）たりけれど（［しのびこめたりけり。（されど」））、（中納言の君（薫）は）、（「（ふる人の問はず語りは、皆例の事なれば）、（弁の君が「昔の御事」をお［押］しな［並］べて（誰にもすべて一様に）淡々しう（軽率だ・軽薄だ）などは言ひひろげずとも）、（姫君達は）、（いとはづかし（立派で薫の気が置けること・薫がいかにも気恥ずかしくなること）げなめる御自分達（姫君達）の御心どもには）、（「昔の御事」を）聞き置き給へら［助動・完了・未然形］む［助動・推量］かし」（、）と）おしはからるる［助動・自発］が（［おしはからる。（かかるが（格助・主語）」））、（［いとはづかしげなめる御心どもに聞き置き給へらむ〕をねた［妬］く（憎らしい・悔しい・忌まわしい・残念だ・弱味だ）もいとほしく（苦痛だ・辛い・心苦しい・困ったことだ）も薫が覚ゆる［他動・自発］に［接助・原因理由、マタハ格助・原因理由］ぞ）、（また（「ながらへても、かの御言あやまたず、聞えうけたまはらまほしさに」（〔三四〕）だけでなく・とは別に））、（「私（薫）は、姫君達からもて離れ［自動下二］てはやまじ」（、）と、薫が姫君達に思ひ寄らるる［助動・自発］）つま［端］（手掛かり・頼り・糸口・種・動機・切っ掛け）にも）なりぬべき。

［備考］「この人は…子なりけり」「御乳母子」「御」柏木に対する敬語。「父は…叔父」宇治の姫君達の母・北の方と弁の君とは従姉妹（いとこ）同士。宇治の姫君達の母・北の方の母と、弁の君の父とは、姉弟の関係。「左中弁」「弁の君」の「弁」は、この父の官職名「左中弁」による。系図参照。「年頃遠き国にあくがれ…この宮には尋ね取りてあらせ給ふなりけり」「遠き国」「西の海の果まで」（橋姫の巻）参照。「母君」述語が「うせ給ひ」であるから、弁の君の母ではない。「かの殿には疎くなり」「冷泉院の女御殿の御方などこそは、昔聞き馴れ奉りしわたりにて、参りよるべく侍りしかど、はしたなく覚え侍りて、えさし出で侍らで」（橋姫の巻）参照。「この宮には尋ね取りてあらせ給ふなりけり」「この宮は父方につけて、童より参り通ふゆゑ侍りしかば」（橋姫の巻）参照。

「人もいとやむごとなからず…姫君達の御後見だつ人になし給へるなりけり」「やむごとなし」弁の君の従姉（姫君達の母・八の宮の北の方）の父（すなわち弁の君の父（左中弁）の姉の夫）は、「大臣」であった。弁の君は、八の宮の北の方の従妹。「宮仕なれにたれど」女房根性の方が強くなってしまっている。女房としての生活態度が身に付いてしまっている。宮仕え・奉公擦（ず）れしている。「姫君達の御後見だつ人になし給へるなりけり」「姫君達の御後見だつ人」乳母代わり。「姫君の御後見にて侍はせ給ふ、弁の君とぞいひける」（橋姫の巻）参照。「年頃かく朝夕に見奉りなれ、心へだつるくまなく思ひきこゆる君達にも」「見奉りなれ」中止法。「思ひきこゆる」と並列して「君達」に係る。「一言うち出できこゆるついでなく、しのびこめたりけれど」弁の君は、秘密を絶対に口外しまい、と、決心していたわけではない。「一言にても、また他人にうちまねび侍らず」（橋姫の巻）参照。「ふる人の問はず語り、皆例の事なれば」「かたくなしきひが言多くもなりぬるかな」（［一六］）参照。「おしはからるるが」主語。述語は、文末の「なりぬべき」。「つまにもなりぬべき」「つま」3行前の「ついで」と類義。語り手の推測（草子地）。この世を離れる（出家する）という気持と、大君に対する非常に慕わしい気持（この世で結婚生活をするという気持）との、相反する（正反対の）二つの気持ちを、妙なことに、弁の君の話（薫の出生の秘密・秘事）が、薫に起こさせた。

［三六］薫、故宮を悲しむ。雁鳴いて渡る。

［原文］今は旅寝［たびね］もすずろなる心地して、帰り給ふにも、「これや限りの」など宣ひしを、などか、さしもやはとうち頼みて、また見奉らずなりにけむ。秋やはかはれる、あまたの日数も隔てぬ程に、おはしにけむ方［かた］も知らず、あへなきわざなりや。ことに例の人めいたる御しつらひなく、いと事そぎ給ふめりしかど、いともの清げにかき払ひあたりをかしくもてない給へりし御すまひも、大徳［だいとこ］達出で入り、こなたかなたひきへだてつつ、御念誦［ねんず］の具［ぐ］どもなどぞ、変らぬさまなれど、仏［ほとけ］は皆かの寺に移し奉りてむとす、ときこゆるを、聞き給ふにも、かかるさまの人影などさへ絶えはてむ程、とまりて思ひ給はむ心地どもを、酌［く］みきこえ給ふも、いと胸いたう思しつづけらる。供人「いたく暮れ侍りぬ」と申せば、ながめさして立ち給ふに、雁［かり］鳴きてわたる。

　薫　秋霧のはれぬ雲居にいとどしくこの世をかりと言ひ知らすらむ

［加筆原文］（薫は）、（八の宮亡き今は）ここ（宇治の山荘）での御自分（薫）の旅寝が

もすず［漫］ろなる（思慮を欠いている・穏やかでない）（［すずろなり］という）心地が御自分にして、御自分が帰り給ふに［格助・時］も）、（「（［先に（［一六］）帰りしに］、八の宮様が「これや限りの」など宣ひしを［接助・逆接］）、（私（薫）は）、（「などか［副・反語］、八の宮様は、さ［副］（［宣ひしやうに］）しもやは［係助・反語］［おはせむ］」と）、（八の宮様の御健在を）うち頼みて（［うち頼みき。さりて（接助・順接）］）、私は、八の宮様をまた［復。副詞］（再び・もう一度）見奉らずな［成］り［自動四］（状態が変わる）にけむ。（八の宮様が［これや限りの、など宣ひて、亡せ給ひぬる］秋と）、（今の秋はやは［係助・反語］）かはれる（、）。（あまたの日数をも今より隔て（置く）ぬ「秋」の程に）、（八の宮様がおはしにけむ方（所・冥土、マタハ方向）をも私が知らず（［知らず］）、（八の宮様は）おはしにき。かかるは］）、あへなき（あっけない・張り合いがない）わざ（こと）なりや」と）思す。［｛（ことに例の人（世間並みの人、マタハ親王のような人）めいたる御しつらひが八の宮邸になく（［なき程に］）、八の宮が「御しつらひ」においていと事そぎ［自動四］（質素にする・省略する）給ふめりしかど、御自分（八の宮）がいともの清げに「御しつらひ」をかき払ひ［他動四］（すっかり取り去る）、御自分があたり（付近・内外）ををかしくもてない給へりし）八の宮の御すまひ（住居・山荘）も（［にも］）｝、（山寺の大徳（僧（敬称））達は）（あとの始末のために）出で入り］、そして｛（［大徳達」は）、（自分達（「大徳達」）がこなたやかなた（姫君達の住んでいる東面（［三二］参照）や、八の宮の住んでいた西面）を屏風や障子（襖）などでひきへだて（さえぎる）つつ）、（［八の宮様の御念誦の具どもなどはぞ、御生前と変らぬさまなれど、私達（「大徳達」）は、八の宮様の仏間などにあった仏（仏像）をは皆かの寺（阿闍梨の山寺）に移し奉りてむとす」（、）と）、（姫君達に）きこゆる［自動］を（［きこゆ｝。（かかるを（格助・動作の対象）］）（、）薫が聞き給ふにも）、（薫は）、［｛（1）仏像がなくなる上に、または（2）八の宮の生前に出入りしていた「人影」が見えなくなった上にかかるさまの「大徳達」の人影（人の姿）などがさへ絶えはてむ程（時に））、（姫君達が）（この山荘にとまりて［接助・状態］）（寂しく悲しく）思ひ給はむ｝心地どもを］（、）酌み（思いやる・推量する）きこえ［他動マタハ補動］（（1）「酌み」て、お話（お慰め）を申し上げる、または（2）お「酌み」申し上げる）給ふも（［給ふ。かかるも（にも）］）、薫は、「心地ども」をいと胸いたう（［胸いたき程に］）思しつづけらる［助動・自発］。供人が「いたく暮れ侍り［丁寧語］ぬ」と薫に申せば、薫は、ながめさ［鎖］し［補動四］て立ち給ふに（［立ち給ふ。さるに

〈格助・時〉」）、雁（ガン〈鳥の名〉の異名）が鳴きてわたる。薫は、
薫（秋霧の（が）私（薫）の心のようには［晴］れぬ雲居に［格助・場所］）、（「雁」は）、（いとどしく〈「雁鳴きてわた」らなくてさえ（唯でさえ）「この世は仮だ」と私が思い知るのに、雁が「かりかり」と「鳴きてわたる」から）更に一層・益々・いよいよ〉）、（この世を）、（「かり［仮］」と）、（心の「はれぬ」私に）言ひ知らす［助動・使役］（理解させる）らむと。

［備考］「今は旅寝もすずろなる心地して」「すずろ」［三三］の「すずろ」参照。山荘には姫君達しかいないから。姫君達だけの所に泊まるのは、不謹慎さを問われるから。姫君達だけの邸を気詰まりだ、とする。「「これや限りの」など宣ひしを、などか、さしもやはとうち頼みて、また見奉らずなりにけむ。（以上を第1文とする）秋やはかはれる、あまたの日数も隔てぬ程に、おはしにけむ方も知らず、あへなきわざなりや。（以上を第2文とする）」加筆原文では、（第1文＋第2文）＝薫の心内文＋薫の心内文としたが、注釈書は、第1文を、（1）薫の心内文とも、（2）薫の感慨に合わせた地の文とも解く。また、第2文を、（1）薫の心内文とも、（2）薫の感慨に合わせた地の文とも、（3）

語り手の感想と重なる薫の心内文とも解く。これは、次の（イ）および（ロ）が関わっていると推察される。即ち、（イ）第1文と第2文において、主語が薫の述語である「うち頼み」、「見奉らずなりにけむ」および「知らず」のいずれにも、尊敬語が付いていない。（ロ）これに対して、第2文より後の文においては、主語が薫の述語である「聞き給ふ」、「酌みきこえ給ふ」、「思しつづけらる」および「立ち給ふ」がいずれも、尊敬語を含んでいる。「「これや限りの」など宣ひしを」「かかる対面もこのたびや限りならむ」（［一一六］）参照。「うち頼みて、また見奉らずなりにけむ」「けむ」「また見奉らずなりにという過去の事実の原因を「うち頼みて」と推量する。「秋やはかはれる」「秋」（1）八の宮他界と同じ年の秋、または（2）八の宮他界の翌年の秋。「七月ばかりになりにけり」（［一一三］）、「秋深くなり行くままに」（［一一九］）、「八月二十日の程なりけり」（［一二三］）、「九月にもなりぬ」（［一二六］）、および「御忌もはてぬ」（［一二八］）参照。「ことに例の人めいたる御しつらひなく……あたりをかしくもてない給へりし御すまひも」文構造は、「［｛（ことに例の人めいたる御しつらひなく、いと事そぎ給ふめりしかど）、（いともの清げに）かき払ひ［給へりし］｝そして、（あたりをかしくもてない給へりし）］御すまひも」。「ことに」「なく」に係る（部分否定）。「「御すまひ」において「かき払ふ」

（意味的関係）。「「御すまひ」の「あたり」」（意味的関係）。「所につけて御しつらひなど、をかしうしなして」（〔三〕）参照。「とまりて思ひ給はむ心地ども」「「とまりて思ひ給はむ」ときの「心地ども」」（意味的関係）。大徳達が去って静かになったときに、その人達が来ていたときと違って、姫君達が堪えられなくなるだろう悲しみ・寂しさ。「酌みきこえ給ふ」薫は、姫君達の悲しみに全く沿った、薫らしい慰め方をして、自分自身も苦しんでいる。「いたく暮れ侍りぬ」供人が主人（薫）の出発（帰り）を催促する。「雁鳴きてわたる」「雁」感動詞の「かり」はガンの鳴き声。いい風景。「この世をかりと言ひ知らすらむ」「らむ」（1）「言ひ知らす」を現在の事実とし、その理由を、「私（薫）が「この世がかりだ」と十分知っているのに、その上に雁はどうして」と推量する、または（2）「雁鳴きてわたる」を現在の事実とし、その目的・意味を、「私（薫）が「この世がかりだ」ということを十分には知っていない、と雁が思って、「言ひ知らす」」と推量する。

〔三七〕匂宮、姫君達の噂を聞いて心を動かす。

〔原文〕兵部卿の宮に対面し給ふ時は、まづこの君達の御事をあつかひぐさにし給ふ。

今はさりとも心やすきを、と思して、宮はねんごろに聞え給ひけり。はかなき御返りも、聞えにくくつつましき方［かた］に、女がたは思［おぼ］いたり。世にいといたう好き給へる御名のひろごりて、このましくえんに思さるべかめるも、かういと埋［うづ］もれたる葎［むぐら］の下［した］よりさし出でたらむ手つきも、いかにうひうひしく、古めきたらむ、など思ひ屈［く］し給へり。

［加筆原文］薫は、御自分（薫）が兵部卿の宮（匂宮）に対面し給ふ時は、まづこの君達（姫君達）の御事をあつか［扱］ひぐさ［種］（厄介の種・話題・話の種）にし給ふ。「生前煙たかった八の宮様がお亡くなりになった今はさり（姫君達が私（匂宮）を強く拒否する）とも［接助］、私は姫君達に対して心やすき（（1）気兼ねが要らない・気楽だ、または（2）容易（たやす）い・靡（なび）かし易い・懸想し易い）を［接助・順接］」（、）と思して、宮（匂宮）は宇治の姫君達に手紙をねんごろに聞え［他動］（差し上げる）給ひけり。（はかなき御返りをも（さえも）（、）御自分達（姫君達）が聞え［他動］（差し上げる）にくく、そして御自分達にとってつつましき方（お方（匂宮））に（［なり］と））、（女がた［方］（お方達（姫君達））は）、（匂宮を）思いたり。（姫君達は）、（「（世に（世間に））（いといたう好き（好色である）給へる（［好き給へり］という）

匂宮様の御名（浮き名・評判・噂）の（が）ひろごりて、（匂宮様は）、（私達（姫君達）を、マタハ私達との文通を）（この［好］ましく（好きだ・好感が持てる・洒落（しゃれ）ている）えん［艶］に（恋愛を誘うようなムードがある・艶（なま）めかしい・夢のように美しい・うっとりするように美しい））思さるべかめるも（「思さる（助動・自発）べか（助動・推量マタハ当然）めり」）、（私達がかういと埋もれたる葎（繁茂する蔓草の総称）の下のような田舎家・田舎宿より匂宮様にさし出でたらむ「御返り」の手（筆跡・文字）つき（〜の様子・格好）は）、（匂宮様にとって）（いかに）うひうひ［初々］しく（初心だ・まだ物馴れない・世慣れない・場違いな感じだ）、古めき（古風に見える・時代遅れだ・気が利かない）たらむ」（、）など）思ひ屈し（気が滅入る・元気がなくなる・落ち込む・塞（ふさ）ぎ込む・思い萎（しお）れる）給へり。

［備考］「今はさりとも心やすきを」「今は」（1）「心やすき」に係る、または（2）「さり」および「心やすき」に係る。「心やすきを」「を」［終助・詠嘆］ではない（「心やすき」は連体形）。「宮はねんごろに聞え給ひけり」匂宮は、姫君達の悲しみは度外視して、熱烈に恋愛を仕掛けて行く。これは匂宮の性格。「はかなき御返りも、聞えにくくつつ

ましき方に、女がたは思いたり」「方」の意を、加筆原文では、お方（匂宮）と取った（（1））が、手段・事とも取れる（（2））。（1）と（2）の文構造は次のように相違する。即ち、（1）が「匂宮を、はかなき御返りをも（、）聞えにくくつつましき方（お方（匂宮））に、女がたは思いたり」となるのに対して、（2）が「はかなき御返りをも、匂宮に聞えにくくつつましき方（手段・事）に、女がたは思いたり」となる。姫君達は、情熱的な匂宮の手紙に対処する方法を知らない。匂宮のような男に対応するには、あまりにも不慣れである。薫に対する信頼とは逆に、匂宮に対する警戒が姫君達にどうしてもある。父・八の宮の亡き後は、薫の世話になっているから。「世に」「ひろごり」に係る。程度の激しい様を示す副詞ではない。「思ひ屈し給へり」姫君達、特に大君は、匂宮に派手に出られると、身を卑下してどんどん引っ込んでしまう。大君は、薫に対しては、膝を寄せて話そうという気持ちも多少起こるが、匂宮にはどうも対処し得ない。

［三八］宇治の姫君達、父宮なき後寂しく日々を送る。

［原文］さても、あさましうて明け暮らさるるは月日なりけり。かく頼み難かりける御世を、昨日今日とは思はで、ただおほかた定めなきはかなさばかりを、あけくれのこと

に聞き見しかど、われも人も後れさきだつ程しもやは経［へ］む、などうち思ひけるよ。来［き］し方［かた］を思ひつづくるも、何のたのもしげなる世にもあらざりけれど、ただいつとなくのどかにながめ過し、もの恐しくつつましき事もなくて経つるものを、風の音も荒らかに、例見ぬ人影も、うち連れ、声［こわ］づくれば、まづ胸つぶれて、ものおそろしくわびしう覚ゆる事さへ添ひにたるが、いみじう堪へ難きこと、と、二ところうちかたらひつつ、ほす世もなくて過し給ふに、年も暮れにけり。

［加筆原文］（姫君達は）、（「さても［感］（本当にまあ）、寂しく悲しい思いをしている私達（姫君達）にとってその経過の迅速さがあさましう（意外だ・びっくりする程だ・あきれる程だ）て［接助・状態］私達が明け暮らさ［他動四］（明かし暮らす・送る）るる［助動・可能マタハ自発］ものは月日なりけり。（私達がかく頼み難かりける父宮の御世（生涯・一生・寿命）を、昨日今日とは私達が思はで）、（ただ［唯・只。副詞］）（おほかた［副］（一般に）定めがこの世にマタハ人生になきはかなさばかりを）、（あ［明］けく［暮］れ（朝夕・朝晩・常日頃・いつも）のことに）（私達が）（父宮から聞きそして見（理解する・悟る）しかど）、（私達は）、（「（われ（私（大君マタハ中君））がも［係助・列挙］人（父宮）がも［係助・列挙］後れ（「後れ」たり）さきだ［先立］

つ（「さきだ」ったりする）程（（長い）時間・月日）がしもやは［係助・反語］経（経つ・経過する）む」（、）など）うち（単純に・迂闊（うかつ）にも）思ひけるよ。（私達が父宮と一緒に「過し」来し方を私達が思ひつづくるも（［にも］））、（何の私達にとってたのもしげなる世（「来し方」）にもあらざりけれど）、（私達は）、（ただ）（いつとなく（（1）別段のこともなく、（2）時の経つのも知らず、（3）いつと限らず、または（4）死別はいつと考えず））（今思えばのどかに）ながめ過し（［ながめつつ］）、（月日を）［過し（自動四）つ。さりて］）、私達にとってもの恐しくつつましき事がもなくて、父宮存命（在世）中は、月日が経つるものを（［経つ。（かかるものを（接助・逆接）］））、（父宮がお亡くなりになってからは）、［（私達が父宮存命中は気付かなかった風の音をも荒らかに「覚ゆる事さへ」）、そして、（私達が例に見ぬ人影（人の姿）がも、うち連れ（連れ立つ）、声づく［作］れ（声を掛ける・案内を請（乞）う）ば、私達がまづ珍しい人の訪れを嬉しいと思うどころか胸つぶれて、私達が「人影」を私達にとってものおそろしくわび［侘・侘］しう（堪えがたく苦しい・辛い）覚ゆる（［覚ゆ（他動・自発）］）という）事がさへ［］、（［何のたのもしげなる世にもあらざりけれど、ただいつとなくのどかにながめ過し、もの恐しくつつましき事もなくて」［経つ］ということに）添ひにたるが（［添ひにたり。かかるが（格助・主語）］）、私達にとっていみじう堪へ難きことよ」（、）と）、（二ところ（姫君達）が）うちかたらひつつ｝、（御自分達（姫君達）が涙をほ［乾・干］す世（時・折）がもなくて［接助・状態］）、（月日を）過し給ふに（［過し給ふ。かかるに］）、年がも暮れにけり。

［備考］「さても、あさましうて明け暮らさるるは月日なりけり」「さても」「あさましうて明け暮らさるるは月日なりけり」全体に係る。「ただ」「聞き見しか」に係る。「おほかた」「なき」に係る。「後れさきだつ程しもやは経む」「後れさきだつ」「末の露本の雫や世の中の後れさきだつためしなるらむ」（古今六帖、和漢朗詠集。僧正遍照）による。＝「程経ず後れさきだたむ」。「ややもせば消えを争う露の世に後れ先立つ程経ずもがな」（御法の巻）参照。「昨日今日とは」（1行前）や「後れさきだつ」という歌の言葉をうまく生かしながら、父を失った後の姫君の寂寥（せきりょう）の思いを見事に表現する。「ただ…ながめ過し」「ただ」「ながめ過し」に係る。3行前に既出。「例見ぬ人影も…わびしう覚ゆる」文構造は、「（例見ぬ人影も、うち連れ、声づくれば、まづ胸つぶれて）、（ものおそろしくわびしう覚ゆる）」。「いみじう堪へ難きこと」「こと」「事」も含めて、この段に多出（4回。名詞が3回、形式名詞が1回）。「まづ胸つぶれて」大君の心の中

は、一家の女主（あるじ）としての自覚が非常に強い。これまでは父宮が応対に出ていたのだ、と、改めて気付く。

［三九］年暮れんとして、宇治の宮邸、いよいよ寂寥を極める。

［原文］雪霰［あられ］降りしく頃は、いづくもかくこそはある風の音なれど、今始めて思ひ入りたらむ山住［やまずみ］のここちし給ふ。女ばらなど、「あはれ、年はかはりなむとす。心細く悲しき事を。あらたまるべき春待ち出でてしがな」と、心を消［け］たず言ふもあり。難［かた］き事かな、と聞き給ふ。むかひの山にも、時々の御念仏に籠り給ひしゆゑこそ、人も参りかよひしか、阿闍梨も、いかがと、大方にまれにおとづれ聞ゆれど、今は何しにかはほのめき参らむ。いとど人目の絶えはつるも、然［さ］るべき事と思ひながら、いと悲しくなむ。何とも見ざりし山賤［やまがつ］も、おはしまさで後［のち］、たまさかにさしのぞき参るは、めづらしく思ほえ給ふ。この頃の事とて、たきぎ木実［このみ］拾ひて参る山人どもあり。

［加筆原文］（雪や霰が降りし［頻］く（度重なって・盛んに～する）頃は（［には］）、いづく［何処。代名詞］も（［にも］）かくこそはある風の音なれど）、（その荒々しく凄

（すさ）まじい風の音が）（耳に）ついて）、（姫君達は）、（今始めて）、（仏道修行・出家を思ひ入り（思い詰めて、入（はい）る）たらむ山住の［格助・所在］（にある・における）ここちが）し給ふ。［（女（女房・侍女）ばら［接尾。多く卑しめる意］（共（ども）・等（ら））など）で、（「あはれ［感］、年はかはりなむとす。心細く悲しき事を［「備考」参照］。私達（「女ばらなど」）は、万事がマタハ季節があらた［改］まるべき春を待ち出で（待ち受けて会う）てしがな（～したいものだがなあ）」と、心を消た（気を落とす・悲しみにめげる・絶望する）ず言ふ）者［］がもあり。姫君達は、「「あらたまるべき春待ち出で」［つる］は難き事かな」（、）と、［女ばらなどの言ふを］聞き給ふ。［（む［向］かひの［格助・所在］（にある・における）山（阿闍梨のいる山寺）にも（、）八の宮が時々の［格助・所在］（にある・における）御念仏に籠り給ひしゆゑ［故］（～ために・ので）こそ、人（寺男、僧マタハ使者）がも「むかひの山」から八の宮の山荘に参り（「参りしか」））、そして（「むかひの山」と山荘とをかよひしか（「かよ」ったけれども））、また（阿闍梨がも、姫君達に対して「いかが」と、大方に（一通りだ・世間並みだ）まれにおとづ［訪］れ（手紙で安否を問う）聞ゆれ［補動］ど）］、（今は（何しに（どうして・何をするために・何の必要があって）かは［係助・反語］）（（1）

「人」が、（2）「阿闍梨」が、または（3）「人」や「阿闍梨」が）ほの［仄］めき（ちょっと姿を現わす）参らむ。（姫君達は）、（いとど人目（人の出入り・往来）の（が）絶えは［果］つる（～し終える）（［絶えはつ］ということを）も、然るべき［助動・当然］事と思ひながら［接助・同時並行、マタハ接助・逆接］（～つつ、マタハ～けれども）、（いと）悲しくなむ。（姫君達は）、（自分達（姫君達）が何とも見（目・心・気に留める）ざりし山賤（樵（きこり）・山人（2行後参照）など、山の中に住む身分の賤しい人）がも）、（八の宮がおはしまさで後）、（たまさかに（希（まれ）だ・偶（たまだ））（山荘に）さ［差］しのぞ［覗］き（立ち寄る・顔出しする）参ることをは）、（めづら［珍］しく（滅多にないことですてきだ））思ほえ（［覚え（他動・自発）］）給ふ。（この頃（冬）の［格助・所在］（にある・における）事とて［格助］（～と言って、マタハ～という理由で））、（たきぎや木実を拾ひて）（山荘に）参る）山人［やまうど］（山で生活している人）どもがあり。

［備考］「入りたらむ山住」「「山住」に「入りたらむ」」（意味的関係）。「あはれ、年はかはりなむとす。心細く悲しき事を。あらたまるべき春待ち出でてしがな」「心細く悲しき事を」「～事を」注釈書の訳は、（1）今年は～事ばかり起こるよ、（2）今年は～

こと、および（3）何かと～事であるが（意味上は、倒置法で「年はかはりなむとす」に係る）に分かれる。つまり、「事」は、（品詞、意味）が、（イ）（［名］、事情・事）（（1）、（3）の場合）および（ロ）（［形名］、～ものだ）（（2）の場合）に分かれ、また、「を」は、文法的事項（品詞・意味の分類）が、（イ）［終助・詠嘆］（（1）、（2）の場合）および（ロ）［接助・後文の前提］（「事を」＝「事なるを」。（3）の場合）に分かれる。なお、「事を。」でなくて、「事を、」（＝「事なるを［接助・順接］、」）として、直下の「待ち出でてしがな」を修飾する、と取ると推察される注釈書もある。「むかひの山にも、時々の御念仏に籠り給ひしゆゑこそ、」「こそ、」を「こそ。」とする注釈書もある。「たきぎ木実拾ひて」薪は、「山人」にとって炭を作る原料。冬に暖（だん）を採る燃料。「参る」素朴で親切だからであろう。宮家（山荘）に物資を納めに来る・出入りする。

［四〇］姫君達、山寺の阿闍梨のもとに綿衣などをおくる。

［原文］阿闍梨の室［むろ］より、炭などのやうの物奉るとて、阿闍梨「年頃にならひ侍りにける宮仕の、今とて絶え侍らむが、心細さになむ」ときこえたり。必ず、冬ごも

る山風防ぎつべき綿衣［わたぎぬ］などつかはししを、思し出でて遣［や］り給ふ。法師ばら。童［わらはべ］などののぼり行くも、見えみ見えずみ、いと雪深きを、泣く泣く立ち出でて見送り給ふ。姫君等「御髪［みぐし］などおろい給うてける、さる方にておはしまさましかば、かやうに通ひ参る人も、おのづから繁［しげ］からまし。いかにあはれに心細くとも、あひ見奉ること絶えて止［や］まましやは」など、かたらひ給ふ。

　大君　君なくて岩のかけ道絶えしより松の雪をもなにとかは見る

中の宮、

　奥山の松葉につもる雪とだに消えにし人をおもはましかば

うらやましくぞまたも降り添ふや。

［加筆原文］（阿闍梨は）、（自分（阿闍梨）の室（僧の住居・僧房）より）、（自分が姫君達に炭などのやうの物を奉るとて［格助・目的］（～しようとして・～ということで））、（阿闍梨「［〔（私（阿闍梨）が年頃にならひ侍り［謙譲語］にける八の宮に対する宮仕（お世話・奉仕・用立て）の（が））、（八の宮様御他界後の今とて［格助］（～という理由で））絶え侍ら［丁寧語］むが（の）〕（、）私にとっての心細さに［格助・原因理由］なむ］（私は）「物奉る」」と）、（手紙で）、（姫君達に）きこえ［自動］たり。（姫君達は）、

〔｛（必ず）、（僧侶達がマタハ阿闍梨が冬ごもる山風を防ぎつべき綿衣（綿入れ）などを）（八の宮が）つか〔遣〕はし（お与えになる）しを｝（、）思し出でて〕、（返礼として「綿衣など」を遣り（送る）給ふ）。（使いの法師ばら（。）やお供の童などの（が）山荘から山寺にのぼり行くのがも）、｛（見え〔他動・受身〕み（～たり）見え〔他動・受身〕ずみ（～たり））、そして（いと雪深きところを（〔を（格助・通過点）〕）｝なり（助動・断定）。（かかるを（格助・動作の対象）〕））、（姫君達は）（泣く泣く（泣きながら））（端近まで立ち出でて）見送り給ふ。（姫君等は）、（「｛（父宮が御髪などをお〔下〕ろい（髪を剃って仏道に入る・出家する）給うてける「方（（僧侶という）方面）にておはしまさましかば」）、そして（父宮がさる方（然るべき所（山寺））にておはしまさ（（1）生きていらっしゃって偶にはお姿をお見せになる、（2）生きていらっしゃる、または（3）お籠もりになっていらっしゃる）ましか〔反実仮想〕ば）｝、（かやうに（〔法師ばら童などの通ひ参るやうに〕）この山荘に通ひ参る人はも）、（おのづから）繁からまし〔反実仮想〕。また、（「御髪などおろい給うてける、さる方にておはしまさましかば」）、（〔たまさかにはあひ見奉れば〕）、（私達（姫君達）がいかにあはれに（悲しい）そして心細くとも）、（私達が父宮をあひ見奉ることは）絶えて止ま（そのまま終わる）まし〔反実

仮想］やは［終助・反語］（～か、否そんなことはない）」など）（、）かたらひ（語り合う・互いに話す）給ふ。大君は、

大君　（君（父宮）がなくて）（山寺と山荘との間の岩の［格助・所在］（に沿って作った）か［懸］け道（道の険しい所に板などを並べて棚のように作った道。桟道）の行き来が）絶えしより）、（あなた（中の君）は）（松の［格助・所在］雪をも）（なにとかは［係助・疑問］）見る

と。

中の宮（中の君）は、

（奥山の［格助・所在］松葉につもる雪とだに）、（消えにし人（父宮）を）、（私（中の君）が）おもはましかば［反実仮想］、私は、呆気（あっけ）なく亡くなった父宮に再び会うことができて、どんなに嬉しいことでしょうのにと。雪は、中の君にとってうらや［羨］ましく（羨ましいことに・羨ましい程に）ぞまたも降り添ふや［終助・詠嘆］。

［備考］「炭」寺で自製している。「年頃にならひ侍りにける宮仕の、今とて絶え侍らむが、心細さになむ」冬の暮らしのための炭などを阿闍梨から贈るのが例年の習慣になっ

ていた。親切な阿闍梨。「必ず、冬ごもる山風防ぎつべき綿衣などつかはししを、思し出でて遣り給ふ」「必ず」「つかはしし」に係る。「冬ごもる山風」（「山風」のために「冬ごもる」）（意味的関係）。姫君達は、「物奉る」と同様に習慣になっていた「遣り給ふ」（返礼）に、例年直接関与していなかった。「童などののぼり行くも、見えみ見えずみ、いと雪深きを、泣く泣く立ち出でて見送り給ふ」語順が、「童などの、見えみ見えずみ、いと雪深きところを〔格助・通過点〕のぼり行くを〔格助・動作の対象〕も、泣く泣く立ち出でて見送り給ふ」と相違する。「見えみ見えずみ、いと雪深きを」意味上、「のぼり行く」に係る連用修飾部で、「のぼり行く」状況を強調する。加筆原文の「いと雪深きをなり」の「なり」は、「ねぶたければなめり」（〔三〇〕の最終文）の「なめり」参照。「泣く泣く立ち出でて見送り給ふ」姫君達は、山寺に帰り行く人を見て、山寺で自分達に看（み）取られることもなく生を終えた父宮を思い出して泣く。「いかにあはれに心細くとも」「あはれに」（1）悲しく（中止法。「心細く」と並列。加筆原文はこれ）、（2）身に染みて・身にしみじみと（「心細く」に係る）、または（3）寂しく・物寂しく（中止法。「心細く」と並列）。「君なくて岩のかけ道絶えしより松の雪をもなにとかは見る」「松の雪」「松」「待つ」を掛ける。父宮を恋い慕うあなた（中の君）は、父宮の山寺からのお帰りを待ちながら眺めていた松の雪を、それはすぐ消えるはかないものだから、山寺で亡くなった父宮の形見と見るのではないか、という気持。あなた（中の君）が雪のかかった松を見ながらどんなに待とうとも、父宮は帰らない、の思い。「奥山の松葉につもる雪とだに消えにし人をおもはましかば」「消ゆ」「雪」の縁語。「うらやましくぞまたも降り添ふや」「うらやましくぞ」雪が「またも降り添ふ」松葉を見て、自分（中の君）でないその「松葉」の状態を、亡くなってしまった父宮に再び会うことができない自分の状態よりも優れている、と感じ、自分もそうなりたいと思う。中の君の気持・心情をそのまま書いた行文（草子地）。

［四一］年暮れ、薫、雪を冒して宇治を訪う。大君、応対する。

［原文］中納言の君は、新しき年はふとしもえとぶらひ聞えざらむ、と思して、おはしたり。雪もいと所せきに、よろしき人だに見えずなりにたるを、なのめならぬけはひして、軽らかにものし給へる心ばへの、浅うはあらず思ひ知られ給へば、例よりは見入れて、御座［おまし］などひきつくろはせ給ふ。墨染［すみぞめ］ならぬ御火桶［ひおけ］、物の奥なる取り出でて、塵［ちり］かき払ひなどするにつけても、宮の待ち喜び給ひし

御気色などを、人々もきこえ出づ。対面し給ふことをば、つつましくのみ思［おぼ］いたれど、思ひ隈［ぐま］なきやうに人の思ひ給へれば、いかがはせむ、とて、きこえ給ふ。うちとくとはなけれど、さきざきよりはすこし言［こと］の葉つづけて、物など宣へるさま、いとめやすく、心はづかしげなり。かやうにてのみは、え過しはつまじ、と思ひなり給ふも、いとうちつけなる心かな、なほ移りぬべき世なりけり、と思ひ居給へり。

［加筆原文］中納言の君（薫）は、「新しき年は（［には］）私（薫）は宇治の山荘をふと［副］（すぐに・簡単に）しもえとぶら［訪］ひ聞え［補動］ざらむ」（、）と思して、年内に山荘におはしたり。（大君は、マタハ姫君達は）、［｝（雪がもいと所せ［狭］き（一杯だ）に［接助・順接、マタハ格助・原因理由］、よろ［宜］しき（大して良くはない・水準以下だ）人をだに見え［他動・可能］ずなりにたるを［接助・逆接］、薫がなの［斜］めならぬ（格別だ・一通りや二通りではない）けは［気延］ひ（態度・様子・感じ・風采）して［格助・手段方法］（で）、軽らかにものし（［とぶらひ］）給へる）心ば［延］へ（心遣い・厚意・気持）の（を）｝、（浅うはあらず（［浅うはあらず］、と））、（御自分（大君）が、マタハ御自分達（姫君達）が）思ひ知ら［他動四］（弁（わきま）え

知る）れ［助動・自発］給へば〕、〔例（普段）よりは［ひきつくろひ］を見入れ［他動下二］（気を付けて見る・心を込めて（念を入れて）丁寧に見る）て）、（薫の御座（坐るべき所に敷く畳・円座・席・座席・敷物・茵（しとね））などを）ひ［引］きつくろ［繕］は［他動四］（体裁を整える）せ［助動・尊敬、マタハ助動・使役］給ふ。〔〔（自分達（「人々」）が）（薫のために）（墨染（僧衣・喪服などの黒く染めた（黒塗りの）色）ならぬ御火桶（木製の丸火鉢（ばち））で、物の奥なる（にある）の（「御火桶」）を）取り出でて（［取り出づるにつけても〔、また］）、（自分達が「御火桶」の塵のかき払ひなどをするにつけても）〕、（宮（八の宮）の（が）生前、薫の来訪を待ち喜び給ひしときの御気色などを）、（人々（女房（侍女）達）はも）き［聞］こえ［他動］（薫に申し上げる、マタハお噂する）出づ。〔〔（大君がマタハ姫君達が薫に対面（会って話すこと・面会）し給ふことをば）、（大君が）、（つつましくのみ）思いたれど〔、〔〔（大君をマタハ姫君達を）（思ひ隈（所）な［無］き（情け知らずだ・気が利かない）やうに）（人（薫）の（が））思ひ給へれば［「備考」参照］〕、（大君は）、（「私（大君）は、マタハ私達（姫君達）は、［対面する」以外にいかが［副・反語］はせむ」（、）とて）（、）きこえ［（1）補動、マタハ（2）他動アルイハ自動］（（1）［対面しきこえ］、マタハ（2）申し上げる）給ふ。［{（大君の心が薫にうちと［解］く（うち解ける）と（ということ）はなけれど）、（大君が）（さきざき［先々］（以前）よりはすこし言の葉をつづけて）、（物などを）（薫に）宣へる} さまは］、（薫にとって）（いと）めやす［目安］く（無難だ・感じが良い）、心はづかし（気が引ける・気恥ずかしくなる程だ）げなり。（薫は）、（御自分（薫）が「私（薫）は、か（［対面する］）やうにてのみは、え過しはつまじ」（、）と思ひなり給ふも（［にも］））、（「いとうちつけなる（俄（にわ）かだ・出し抜けだ、マタハあっさりと変わる）私（薫）の心（恋心）かな（、）。なほ（（定説通り）やはり）男女の心・気持ちが移り（他の場所へ行く）ぬべき世（男女の仲）なりけり」（、）と）思ひ居［補動上一・動作の継続］（～ている）給へり。

［備考］「中納言の君は、新しき年はふとしもえとぶらひ聞えざらむ、と思して」「とぶらふ」［三九］に既出の「おとづる」［自動下二］と同意。薫は、中納言という要職にあり、正月は宮中行事が多くて暇がない。「雪もいと所せきに……軽やかにものし給へる心ばへ」文構造は、「{（雪もいと所せきに、よろしき人だに見えずなりにたるを）、（なのめならぬけはひして）、（軽らかに）ものし給へる} 心ばへ」。「雪もいと所せきに」「見えずなりにたる」に係る。「軽らかにものし給へる心ばへ」「「心ばへ」によって「軽ら

かにものし給へり」」（意味的関係）。「例よりは」普段は、親切なご厚意を身に染みて感ずる一方、決まり悪いとか、他人は他人だとか、色々思っていた。「墨染ならぬ」薫は、客人で服喪者でない。仕舞い込んであった平常用の火鉢を薫に供する。姫君達は、服喪中なので黒塗りのを用いている。「火桶」桐の木などを刳（く）り貫（ぬ）いて作る。手焙（あぶ）り用。「宮の待ち喜び給ひし御気色などを、人々もきこえ出づ」薫の評判は女房達にも断然いい。宇治の人々は、事ごとに八の宮を思い出す。「対面」几帳・御簾・襖などで隔てながらも、女房を介さず、直接言葉を交し合う対座。「つつまし」[三一][三三][三八]に既出。「思ひ給へれば」（1）（対面しないのでは）お思いになってしまうだろうので（「思ひ給へれ」の時制は未来）、または（2）お思いになっている（様子な）ので（「思ひ給へれ」の時制は現在）。前の対面の時にも薫は不満を述べていた（[三二]）。「きこえ給ふ」薫と大君が段々と近付いてくる。「かやうにてのみは、え過しはつまじ……思ひ居給へり」「過す」[三八]に既出。「はつ」[三九]に既出。「移りぬべき世」「移る」＝「変はる」。「「世」においては「移りぬべし」」（意味的関係）。「移薫は、「道心はどうした」と、大君に対する慕（つの）る思いを、理屈めいて反省している。薫の初々（ういうい）しいところ。薫は、対面以上の親しい交わりをしたいと、結婚を望む。

［四二］薫、大君に匂宮の意向を伝える。

［原文］薫「宮のいとあやしくうらみ給ふことの侍るかな。あはれなりし御一言［こと］をうけたまはり置きしさまなど、ことのついでにもや漏らしきこえたりけむ、またいと隈［くま］なき御心のさがにて、おしはかり給ふにや侍らむ、ここになむ、ともかくも聞えさせなすべき、と頼むを、つれなき御気色なるは、もてそこなひ聞ゆるぞ、と、たびたびゑんじ給へば、心より外［ほか］なる事と思ひ給ふれど、里のしるべ、いとこよなうもえあらがひ聞えぬを、何かは、いとさしももてなし聞え給ふらむ。好［す］い給へるやうに人は聞えなすべかめれど、心の底あやしう深うおはする宮なり。なほざりごとなど宣ふわたりの、心軽うて、なびきやすなるなどを、めづらしからぬものに思ひおとし給ふにや、となむ、聞くことも侍る。何事にもあるに従ひて、心をたつる方［かた］もなく、おどけたる人こそ、ただ世のもてなしに従ひて、とあるもかかるもなのめに見なし、すこし心に違［たが］ふふしあるにも、いかがはせむ、然［さ］るべきぞ、なども、思ひなすべかめれば、なかなか心長き例［ためし］になるやうもあり。崩れそめて

は、龍田の川のにごる名をもけがし、いふがひなく名残なきやうなる事なども、皆うちまじるめれ。こころの深うしみ給ふべかめる御心ざまにかなひ、ことに背くこと多くなど、ものし給はざらむをば、さらに、かろがろしく、はじめをはり違ふやうなる事など、見せ給ふまじき気色になむ。人の見奉り知らぬことを、いとよう見きこえたるを、もし似つかはしく、さもやと思し寄らば、そのもてなしなどは、心のかぎり尽［つく］して仕うまつりなむかし。御中道のほど、みだり脚こそ痛からめ」と、いとまめやかにて言ひつづけ給へば、わが御みづからの事とは思しもかけず、人の親めきて答［いら］へむかし、と思しめぐらし給へど、なほいふべき言の葉もなき心地して、大君「いかにとかは。かけかけしげに宣ひつづくるに、なかなか聞えむことも覚え侍らで」と、うち笑ひ給へるも、おいらかなるものから、けはひをかしう聞ゆ。

［加筆原文］薫は、［以下、18行（9文）に及ぶ、薫の、長い会話文］「（宮（宮様（匂宮））の（が）私（薫）にとっていとあや［怪］しく（不思議なことに・不審なことに・妙なことに）私をうら［恨］み［他動上二］（恨む）給ふ）ことの（が）侍るかな。［（［たびたびゐんじ給ふ］は）、（あはれなりし八の宮様の御一言を私がうけたまはり置きし［［一三］参照］（［うけたまはり置きき］ということの）さま［様］（趣・趣向）などを、

ことのついでにもや私が宮様に漏らしきこえたりけむ（［漏らしきこえたりけむ所為にや侍らむ］）、また［副］（他には）（いと隈（曇り・陰）なき（抜け目がない・抜かりがない）宮様の御心のさが（性質・質（たち））にて（［によりて］）、宮様が御身達（姫君達）と私との関係をおしはかり給ふ所為にや侍らむ）｝］、［｛（ここ（私）になむ、私がともかくも（どのようにでも・なんとでも）御身達に宮様のことを聞えさせなす（殊更に申し上げる）べき（助動・可能＋推量、マタハ助動・妥当）、と（ということ）を宮様が頼む（当てにする・期待する・頼みにする）を［接助・逆接］、つれなき御身達の御気色なるは）、（私が）（宮様の期待に反して）（御身達を）もてそこなひ（［もてなしそこなひ（し損なう・事を誤る）］）聞ゆる［補動］所為ぞ［終助・断定］（〜である・〜だ）｝、と［格助］（〜として・〜というわけで）］、（宮様は）、（たびたび）（私を）ゐん［怨］じ給へば（［ゐんじ（嫌味を言う・恨む）給ふ。されば］）、私は、［ゐんずるを］、私の心より外なる（心外だ）事と思ひ給ふれど（［思ひ聞ゆ。されど］）、私は、里（宇治）への私の宮様に対するしるべ［導］（道案内）を、いとこよなうもえあらが［諍］ひ聞え［補動］ぬを（［あらがひ（拒む・断る）聞えず。さるを（接助・後文の前提）］）、御身達は、何かは［副・疑問］、宮様をいとさ（［つれなく］）しもてなし聞え［補動］

給ふらむ。好い（［好き（好色・多情・浮気である）］）給へるやうに人（世・周囲の人々）は宮様を聞え［他動］（申し上げる）なすべかめれ（〜しそうにみえる）ど、心の底があやしう深うおはする宮（宮様）なり。［｛（匂宮様がなほざりごと［等閑言］｛［なほざりに（深く心に留めない・本気でない・好い加減だ）］言う言葉｝などを宣ふわた［辺］り｛人・人々（女・女達）｝の［格助・同格］（で）、心が軽う（軽率だ・移り易い）て、男になび［靡］きやすなる［形動ナリ］「わたり」などを、めづらしからぬもの［者］に、匂宮様が思ひおと［貶］し（見下げる）給ふにや［あらむ］、と（ということをなむ）、（私が）、（（1）「人」が「聞えなす」噂で、または（2）匂宮様との話から）聞く（耳にする、マタハ聞き入れる・承知する）｝（［聞く］という）ことがも」侍る。［｛（何事にもそれ（「何事」）があるに従ひて、自分（「人」）の心（考え・本心）をた［立］つる（押し通す・あくまでも貫く）方がもなく、おどけ（大様である・おっとりしている）たる）人がこそ｝、｛（ただ世（世間）のもてな［成］し（取り扱い・習わし・常識）に従ひて）、（（1）「何事」が、（2）夫婦仲が、または（3）夫の浮気沙汰がとあるをもかかるをもなの［斜］め（難点がないこと・大目）に見なし）、（すこし自分（「人」）の心に違ふふし［節］（点）があるに［格助・時］も、「私（「人」）はいかがは

〔反語〕せむ（、）。「ふし」は然るべき（そうなる運命にある・そうなる因縁だ）ぞ〔終助・断定〕」（、）なども（、）思ひなす）｝べかめれば〔「こそ」の結びの消滅〕」、（なかなか心（人の面倒を見る心持）が長き（長続きする）例になるやうがも）（「世」には）あり。（その反面）、（「何事にもあるに従ひて、心をたつる方もなく、おどけたる人こそ（「にこそ」）」」）、〔「｛（夫婦（男女）の仲（縁）が崩れそめては、龍田の川の水の（が）にごるという拾遺集の歌の「水」のように自分（「人」）の名をもけがし（〔けがすやうなりて〕」））、そして（いふがひなく（ない程に）そ｛夫婦（男女）の仲（縁）｝の名残がなきやうなる（〔やうなり〕」）｝という）事などがも〕、（皆〔副〕（すべて））うちまじるめれ〔補った前文の一部の中の「こそ」の結び〕。（匂宮様は）、〔「｛（御自分（匂宮様）のこころの（が）物事に深うし〔染・浸〕み（深く感じる・深く思い込む）給ふべかめる（〔しみ給ふべかめり〕という）匂宮様の御心ざま（性質・気性）にかな〔適〕ひ給ひ）、（匂宮様の意向にこと〔殊〕に背くことを多くなど（、）ものし給はざらむ）｝女性を〔格助・動作の相手〕ば（〔をは（〜には・〜に対しては）〕」〕、（さらに）、（かろがろしく）、（夫婦（男女）の仲（縁）のはじめとをはりとが違ふやうなる事などを）（、）見せ給ふまじき（〔見せ給ふまじ。かかる〕」）気色になむ匂宮様は〔おはする〕」。（人（世の人々）

の（が）見奉り知らぬ宮様のことを、私がいとよう見きこえたるを［接助・順接］）、（もし宮様が御身達の夫に似つかはしく、さ（御身達の夫に）もや［せむ］と（ということを、御身（大君）がマタハ御身達（姫君達）が思し寄らば）、（私は）、（そ（［思し寄り］のもてなし（取り持ち・仲人役・仲立ち・媒介・結縁役）などは（［に（格助・目的マタハ格助・資格）は］））、（私の心のかぎりを私が尽して）（御身達に）仕うまつりなむかし。御中道［なかみち］（（宇治と京との）中間の道）のほど（［ほどに］）、私のみだ［乱］り脚（疲れた足）はこそ痛からめ」と、いとまめやかにて言ひつづけ給へば（［言ひつづけ給ふ。（されば］））、（大君は）、（薫の話が匂宮と中の君との縁談だけだとお思いになるから、薫からわが御みづから（御自分（大君）自身）の（への）求婚・求愛・思慕・恋慕の事がその奥にあるとは御自分が思しもかけず）、（［私は、妹・中の君のために、人（世の人）の親めきて薫様に答へむかし」（、）と）思しめぐらし給へど（［思しめぐらし給ふ。（されど］））、（大君は）、（御自分が「人の親」になったことがないので）、（なほ（やはり））（御自分がいふべき言の葉がもなき（［なし］という）心地が）して）、（大君「いかにとかは［係助・疑問。［備考］参照］。（あなた様（薫）が私達（姫君達）にかけかけし（心を掛けている・懸想している・関わりがある）げに私（大君）

に宣ひつづくるに［接助・順接］、（私は）、（なかなか）（私があなた様に聞え［他動］（申し上げる）むことをも）覚え［他動・可能］侍らで」と）（、）うち笑ひ給へるも（［うち笑ひ給へり。（かかる（が）も］）、おい［老］らかなる（おっとりしている・穏やかだ）ものから［接助・逆接］、（薫は）、（大君のけはひを）（をかしう（［をかし］、と））聞ゆ［他動・自発。［備考］参照］（〜と受け取られる・知られる）。

［備考］「宮のいとあやしくうらみ給ふことの侍るかな…御中道のほど、みだり脚こそ痛からめ」薫の、18行に及ぶ長い会話文。「うらみ給ふこと」（1）「私（薫）に対して「こと」を「うらむ」」、（2）「「こと」について私（薫）を「うらむ」」、または（3）「私（薫）を「うらむ」という「こと」」（意味的関係）。「あはれなりし御一言を…漏らしきこえたりけむ、またいと隈なき御心のさがにて、おしはかり給ふにや侍らむ」挿入句。「あはれなりし御一言をうけたまはり置きしさまなど……漏らしきこえたりけむ」薫は、自分が姫君達の将来を八の宮から遺託された者、つまり姫君達の後見役であることを、はっきりとは言わず、それとなく間接的に、大君に伝えようとしている。「いと隈なき御心のさが」「隈なし」［四一］に既出の「思ひ隈なし」参照。好色者らしく気を回す。「おしはかり給ふにや侍らむ」「［たびたびゐんじ給ふ］は、おしはかり給ふ［け］にあり」。

Ⅰ型の「～にあり」の構文。「ここになむ……つれなき御気色なるは」文構造は、「［｛（ここになむ）、（ともかくも聞えさせなすべき、と）頼むを｝、つれなき］御気色なるは」。「ともかくも聞えさすなすべき、と」「と」（1）直接話法（と）、または（2）間接話法（ということを。加筆原文はこれ）。「つれなき御気色」［三二］参照。「たびたびゐんじ給へば」「ゐんず」1行目に既出の「うらむ」と同意。匂宮は、自分のことを姫君達にもっともっと言え、と、薫を責め立てる。これが匂宮の熱意。「あやし」1行目に既出。「なほざりごとなど宣ふ……思ひおとし給ふにや、となむ」文構造は、「｛（なほざりごとなど宣ふわたりの、心軽うて、なびきやすなるなどを）、（めづらしからぬものに）思ひおとし給ふ｝にや、となむ」。「なほざりごとなど宣ふわたりの、心軽うて、なびきやすなるなどを、めづらしからぬものに」（1）＝「なほざりごとなど宣ふわたりの［格助・同格］（で）、心軽うて、なびきやすなる者などを、めづらしからぬもの［名］（者）に」（加筆原文はこれ）、（2）＝「なほざりごとなど宣ふわたりの［格助・同格］（で）、心軽うて、なびきやすなる者などを、めづらしからぬもの［形名］（一般に～だ・～が通り相場だ・～が原則だ）に」、または（3）＝「なほざりごとなど宣ふわたりの［格助・主語］（が）、心軽うて、なびきやすなる（「なびきやすなり」ということ）などを、めづらしからぬもの［形名］（一般に～だ・～が通り相場だ・～が原則だ）に」。「思ひおとし給ふにや」「匂宮様は、思ひおとし給ふ［方］にあり（［なり］）」。Ⅰ型の「～にあり」の構文。匂宮は姫君達のごとき靡きやすくない女人を好くのである、という意を、薫は含める。「何事にもあるに従ひて……なかなか心長き例になるやうもあり」「人」男または女。男と取れば、この文は、匂宮を際立たせるための、匂宮とは正反対の平凡な男の話。女と取れば、この文は、薫自らの親交願望を底流させながら匂宮との親交・結婚を勧めるための、男女の仲における一般女性論。「龍田の川のにごる」「神なびのみむろの岸やくづるらむ龍田の川の水の濁れる」（拾遺集）。「ものし給はざらむをば」「給ふ」匂宮の相手の女性に対する薫の尊敬語。「見せ給ふまじき気色になむ」「匂宮様は、見せ給ふまじきに気色にあり」。Ⅱ型の「～にあり」の構文。「いかにとかは」私（大君）は、どうと、お答えしましょうか、マタハあなた様（薫）は、どのようにお話しなさっている（何を仰しゃりたい）のでしょうか。「けはひをかしう聞ゆ」「聞［きこ］ゆ」「きかゆ」（「ゆ」は上代の［助動下二・自発］）の転。謙譲語でない。この「聞ゆ」の文法的事項を、含まれる［自発］の意に着目して、加筆原文中で「他動・自発」と記した。「きく」は、本段落9行目の「聞く」参照。既出の「聞ゆ」―4種の謙譲語、即ち（1）補助動詞、

（2）他動詞（差し上げる意）、（3）他動詞（申し上げる意）、および（4）自動詞（申し上げる意）｝参照。

［四三］薫、事の序にわが意中を大君に打ち明ける。大君、黙す。

［原文］薫「必ず御みづから聞しめし負ふべき事とも思う給へず。それは、雪を踏み分けて参り来たる志ばかりを、御らんじわかむ御このかみ心にても、過ぐさせ給ひてよかし。かの御心よせは、また異にぞ侍べかめる。ほのかに宣ふさまも侍めりしを、いさや、それも人のわき聞え難きことなり。御かへりなどは、いづかたにかは聞え給ふ」と問ひ申し給ふに、ようぞたはぶれにも聞えざりける、何となけれど、かうのたまふにも、いかにはづかしう胸つぶれまし、と思ふに、え答［こた］へやり給はず。

大君　雪ふかき山のかけはし君ならでまたふみかよふあとを見ぬかな

と書きて、さし出で給へれば、薫「御ものあらがひこそ、なかなか心おかれ侍りぬべけれ」とて、

薫「つららとぢこまふみしだく山川をしるべしがてらまづや渡らむ

然［さ］らばしも、影さへ見ゆるしるしも、浅うは侍らじ」と聞え給へば、思はずに、

ものしうなりて、ことに答［いら］へ給はず。けざやかに、いともの遠くすみたるさまには見え給はねど、今やうの若人達のやうに、えんげにもてなさで、いとめやすくのどかなる心ばへならむとぞ、おしはかられ給ふ人の御けはひなる。かうこそはあらまほしけれ、と、思ふにたがはぬ心地し給ふ。ことに触れて気色ばみよるも、知らず顔なるさまにのみもてなし給へば、心はづかしうて、むかし物語などをぞ、ものまめやかに聞え給ふ。

［加筆原文］（薫は）、（「（私（薫）は）、（宮様（匂宮）についての今までの私の話は）、（必ず御みづから［代名］（あなた様（大君）ご自身）が聞しめ［召］し［補動四・「聞し」の尊敬の意を強める］負ふ［他動四］（自分（大君）の身に引き受ける・自分のことと思う）べき［助動・義務］（〜しなければならない）事とも）思う給へず。（それ［代名］（あなた様（大君）は）、（私が雪を踏み分けて参り来たる私の志ばかりを、御自分（大君）が御らんじわかむ）御自分の御このかみ［姉］心（いかにも年上・年長の人（姉）らしい心遣い）にて（［にありて］）も（、）過ぐさせ給ひてよ［「つ」（助動・完了）の命令形］かし。（か（宮様）の御心よせは）、（あなた様に対する「御心よせ」とはまた異に（中の君様に対する「御心よせ」に）ぞ）侍べかめる（［侍るべかるめる］）。（宮

様がほのかに宣ふ［［備考］参照］さまがも侍めりしを［接助・後文の前提］）、（いさや［感］（いえ別に・そうだなあ））、（それ（手紙の相手が姉妹のどちらであるかということ）はも）、人（他人）の（が）わき聞え［補動］難きことなり。（宮様への御かへりなどをは）、（あなた様達（姫君達）のいづかたに［格助・貴人の主語］かは）聞え［他動］（差し上げる）給ふ」と）（大君に）問ひ申し給ふに（［問ひ申し給ふ。（かかるに］））、（大君は）、（［私（大君）は、ようぞたはぶ［戯］れに［格助・地位マタハ格助・目的］も匂宮様に聞え［他動］（差し上げる）ざりける（、）。（何と特に取り立てて私が［聞ゆる］ほどのことがなけれど）、（薫様がかうのたまふにも、（1）私が匂宮様に返事を出していたと、または（2）私が匂宮様に返事を出していないと、ここで口頭で答えたとしたら）、（私は）、（いかに）はづかしう胸つぶれまし」（、）と思ふに（［思すに（接助・順接）］））、（口では）（薫に）え答へやり給はず。（大君は）、

大君（雪がふかき山のかけはし［懸け橋］（険しい崖などに板などを掛け渡した橋・桟道）を君［代名］（あなた（薫））ならでまた人がふみかよふあとを）（私（大君）は）見ぬ［助動・打消・連体形］かな

と書きて（［書き給ひて］））、（御簾の外にマタハ几帳越しに薫にさし出で給へれば（［さ

し出で給へり）。（されば」））、（薫は）、（「このようなあなた様（大君）の御ものあらが［物諍］ひ（物事を争う・論争・言い訳・弁解すること）こそ（「に（格助・原因理由）こそ」））、私（薫）はなかなか私の心をお［置］か［他動四］（隔てる）れ［助動・自発］侍りぬべけれ」とて｛と言って（と言うものの）｝）、（

薫「

つらら［氷柱］と［閉］ぢ［「備考」参照］、こま［駒］（馬）が「つらら」をふみしだく（砕く）山川を［格助・経由場所］、私（薫）は、宮様（匂宮）のしるべをしがてら［接助］（～ながら）まづや［係助・問い掛け］渡らむ

（然ら（［まづ渡ら」）ばしも）、｛（私の親切さ・厚意の上に私の影（光の映し出した姿さへ（まで）があなた様（大君）から見ゆる［他動・受身］（私があなた様をお訪ねする））ことのしるし（甲斐・価値・効き目・効果）はも｝、（万葉集や古今六帖の歌に詠まれている浅香山（安積山）の［山の井（山中に、湧き水が自然に溜まって井戸になっているもの）］と違って）（浅う（薄い・不十分だ）は）侍らじ」と）（大君に）聞え［自動］給へば（［聞え給ふ。されば」）、それ（［聞え給ふ］）が大君にとって思はずに（［思はずなり（心外だ・思い掛けない・意外だ）。さりて」））、大君は、もの［物］しう（耳

障りだ・不愉快だ・疎ましい）なりて、薫にこと［殊］に｛すっかり（全否定）、マタハ特には（部分否定）｝答へ給はず。（大君は）、［｛（けざやかに（はっきりしている）、いともの遠く（疎遠だ）す［澄］み（取り澄ます）たる）さまには｝（薫から）見え［他動・受身］給はねど］、（今やうの若人（女）達のやうに）、（えん［艶］げにも）もてなさ（自分の身をもて扱う・振る舞う）で（［もてなさず。（さりて］））、｛（薫が）（「いとめやすくのどかなる大君の心ばへならむ」とぞ）、（几帳や御簾などを隔てて）おしはかられ［助動・可能マタハ助動・自発］給ふ｝人（大君）の御けはひなる。（薫は）、［｛（「かう（「今やうの若人達のやうに、えんげにもてなさで、いとめやすくのどかなる心ばへならむ」）こそはあらまほしけれ」（、）と、御自分（薫）が思ふ女の人に）（大君が）たがはぬ（［たがはず］｝という）心地が］し給ふ。（薫がことに触れて大君に気色ばみよる（意中を仄めかす）も［接助・逆接］）、（大君は）、（［「気色ばみよる」に対して知らず顔なる［形動］さまにのみ）もてなし給へば（［もてなし給ふ。されば］）、薫は、心はづかしうて、亡き八の宮についてのむかし物語などをぞ、大君にものまめやかに聞え［他動］（申し上げる）給ふ。

［備考］「また異にぞ」「また」［三五］［四二］に既出。「宣ふ」（1）＝「自分（匂宮）

の手紙・便りの相手が姉妹のどちらであるかを私（薫）に宣ふ」、（2）＝「中の君様に手紙で宣ふ」、または（3）＝「手紙の相手が中の君様であることを私（薫）に宣ふ」。「問ひ申し給ふに」薫は、持って回った言い方をしている。要するに、薫は、大君が自分自身に対してどういう気持ちを持っているのかを確かめたくて、匂宮からの便りに対する返事を中の君が出していることを大体察しながら、大君の口から聞き出そうとする。大君が返事を出しているなら「ギャフン」だけれど、中の君が返事を出していて、大君の自分に対する気持ちは確かである、と、薫は思いたい。薫の本心は、大君を自分に、中の君を匂宮に、ということ。「たはぶれ」「なほざり」（［四二］）参照。「何となければど」大君は、匂宮に対する気持を持っていないし、また匂宮の手紙が相当な遊び心からのものと思って高を括っているから。「いかにはづかしう胸つぶれまし」「自分（大君）が匂宮に返事を出していると自分が答えたら、大君と匂宮との間にある共感が生じていると薫が推測する」と、大君は思う。「雪ふかき山のかけはし君ならでまたふみかよふあとを見ぬかな」「雪ふかし」［四〇］に既出。「かけはし」＝「かけ道」（［四〇］）。「また」［四二］に既出。「ふみ」「（雪を）踏み」と「文」との掛詞。「あと」足跡と筆跡との掛詞。私はあなた以外の方と手紙の遣り取りをしたことはありません、ということ。薫にとっては大変素敵な答え。「御ものあらがひこそ、なかなか心おかれ侍りぬべけれ」「あらがふ」［四二］に既出。もっと率直に言えばいいのに、訳の分からないような言い方。「つららとづ」（1）＝「水がつららにとづ［自動上二］（凍る）」、（2）＝「つららがとづ［自動上二］（張り詰める）」、または（3）＝「つららが「山川」をとづ［他動上二］（閉じ込める）」。「ふみしだく山川」「「山川」で「ふみしだく」」（意味的関係）。「しるべ」［四二］に既出。「まづや渡らむ」中の君の縁を結ぶより先に、自分（薫）があなた（大君）と結婚しよう・契りを結ぼう（交わそう）か、と言っている。事が早すぎて、やや勇み足気味。大変不誠実な求愛。誠実であろうとし過ぎたための不手際であろう。最も誠実に近付きたい人に大変失礼な形の求愛になってしまっている。「影さへ見ゆるしるしも、浅うは侍らじ」「浅香山影さへ見ゆる山の井の浅き心をわが思はなくに」（万葉集）および「…浅くは人を思ふものかは」（古今六帖）をうまく踏まえている。「思はずに、ものしうなりて」大君に薫の意志がはっきりと伝えられた。大君は、今まで、薫を、人間として、父上の法の友として、また親切な方として信用・信頼していた。しかし、実は、薫は自分を求めていたのだ、ということになる。大君は、父君以外の男の人に接したことのない方だから、むっとした。「けざやかに、いとものの遠くすみたるさまには見え給はねど」「けざやかに」および「いともの遠く」は、いずれも「すみ」に係る。「すみたるさま」「すむ」「すくむ」〔竦む〕とする注釈書あり。「えんげ」「えん」〔三七〕に既出。「もてなす」〔四二〕に既出の「もてなす」参照。「めやすし」〔四一〕に既出。「心ばへ」〔四二〕に既出。「いとめやすくのどかなる心ばへならむとぞ、おしはかられ給ふ人の御けはひなる」「いとめやすくのどかなる心ばへならむとぞ」の結びである「おしはかられ給ふ」が「人の御けはひ」に接したために、連体結びは自然に消滅しているから、「人の御けはひなる」は、「人の御けはひなり」となるはず。「おしはかられ給ふ人の御けはひ」(1)「薫が「人の御けはひ」を「おしはかられ〔助動・可能マタハ助動・自発〕給ふ」」(意味的関係。加筆原文はこれ)、または(2)「「人の御けはひ」が薫から「おしはかられ〔助動・受身〕給ふ」」(意味的関係。主語が無生物)。「気色ばむ」「気色だつ」に同じ。「もてなす」3行前に既出。「心はづかしうて、むかし物語などをぞ、ものまめやかに聞え給ふ」「心はづかし」〔四一〕に既出。「まづや渡らむ」ということであれば誤解を解くべく必死になればいいのに、忽ち、また、亡き八の宮の昔話に話を戻してしまう、という薫の不徹底さ。

［四四］薫、辞去にあたり我が山荘に姫君を迎えたい意を仄めかす。

［原文］供人「暮れはてなば、雪いとど空も閉ぢぬべう侍り」と、御供の人々声づくれば、かへり給ひなむとて、薫「心苦しう見めぐらさるる御住ひのさまなりや。ただ山里のやうにいと静かなる所の、人も行きまじらぬ、侍るを、さも思しかけば、いかにうれしく侍らむ」など宣ふも、いとめでたかるべきことかな、と、片耳に聞きて、うち笑む女ばらのあるを、中の宮は、いと見苦しう、いかにさやうにはあるべきぞ、と見聞き居給へり。

［加筆原文］供人「日が暮れはてなば、雪がいとど空をも閉ぢ［他動上二］ぬべう侍り」と、御供の人々が薫に声づく［作］れ（声を掛ける・咳払いをする）ば（［声づくる。されば］）、薫は、京にかへり給ひなむとて、薫「私（薫）にとって心苦しう私が見めぐらさるる［助動・自発］御住ひのさまなりや。（ただ山里のやうにいと静かなる私の所（自邸）の［格助・同格］（で）、人がも行きまじらぬ「所」が、京に侍るを［接助。［備考］参照］）、（さ（「所」に［移り住まむ］、と）もあなた様（大君）が思しかけば）、（私は）（いかにうれしく）侍らむ」など大君に宣ふも（［宣ふ。［｛（かかる（「宣ふ」）をも］））、（「いとめでたかるべきことかな」（、）と）、（片耳（ちょっと聞き込むこと）に）聞きて｝、

（うち笑む）」女ばらの（が）あるを（「あり。（かかるを（格助・動作の対象）」」）、（中の宮（中の君）は）、（「「うち笑む」は、私（中の君）にとっていと見苦しう、そして私達（姫君達）マタハ姉君（大君）は、いかにさやうに（「さも」（本加筆原文における5行前））はあるべきぞ「終助・疑問語を伴う反語」」（、）と）見聞き居給へり。

「備考」「声づくる」「三八」に既出。「人も行きまじらぬ、侍るを」「を」（1）「接助・後文の前提」、アルイハ「接助・順接」（「侍らむ」に係る。加筆原文はこれ）、または（2）「格助・動作の対象」（「思しかけ」に係る）。「さも思しかけば、いかにうれしく侍らむ」「思しかく」「四二」に既出。薫は姫君達を京に移す気。親切から言うが、同時に誘いでもある。これは、八の宮の遺戒、即ち「宇治を出るな」（「一九」）、「皇族の誇りを忘れるな」（「一九」、「二〇」）に明らかに差し障る。京都に移れば、完全に薫の保護・庇護下に入ってしまうので、皇族の誇りが成り立たない。つまり、薫は、姫君には受け入れられない非常に重いことを言っている。「宣ふも、いとめでたかるべきことかな、と、片耳に聞きて、うち笑む女ばらのあるを」「宣ふも、いとめでたかるべきことかな、と、片耳に聞きて」（1）＝「宣ふも（「に（1）（格助・時）、（2）（格助・原因理由）、（3）（接助・後文の前提）、あるいは（4）（接助・順接）も」）、「京住まいは、いとめでたかるべきことかな」（、）と、「宣ふ」を、片耳に聞きて」、または（2）＝「宣ふを［格助・動作の対象］」も、「いとめでたかるべきことかな」（、）と、片耳に聞きて」（加筆原文はこれ）。「女ばら」［三九］に既出。女房達は、自分達が姫君達をどうやってお守りするか、また自分達の暮らしが立つか立たないかが分からず、心を痛めている。薫のような勢力のある貴公子が京都で住もうと言った、というわけで、また皆京都に行ける、というわけで、大変嬉しい。女房達は、実生活の向上、生活の物質的な保障を望む。「中の宮は、いと見苦しう、いかにさやうにはあるべきぞ、と見聞き居給へり」大君が薫と対談していて前面に出ているのに対して、中の君は、奥の方に女房達と一緒にいる。従って、女房達の様子（言葉や表情）が分かる。

［四五］薫、例の宿直人を呼んで慰める。

［原文］御くだものよしあるさまにてまゐり、御供の人々にも、肴［さかな］などめやすき程にて、土器［かはらけ］さし出させ給ひけり。かの御うつり香［が］もてさわがれし宿直人［とのゐびと］ぞ、鬘鬚［かづらひげ］とかいふつらつき、心づきなくてある。はかなの御たのもし人や、と見給ひて、召し出でたり。薫「いかにぞ。おはしまさ

で後、心細からむな」など問ひ給ふ。うちひそみつつ、心弱げに泣く。宿直人「世の中に頼むよるべも侍らぬ身にて、一ところの御蔭にかくれて、三十余年を過し侍りにければ、今はまして、野山にまじり侍らむも、いかなる木の本をかは頼むべく侍らむ」と申して、いとど人わろげなり。

［加筆原文］大君マタハ姫君達は、御くだもの［果物］（間食品（軽い食事）・茶菓子）をよしあるさまにて薫にまゐ［参］り（差し上げる）、御供の人々にも、肴（酒を飲むときの副食物）などをめやすき程にて（［になして］）、土器（素焼きの杯（盃））をさし出させ［助動・使役］給ひけり。（かの（あの）、残っていて自分に移った薫の御うつり香に対してもて［接頭］さわ［騒］が［他動四］（持て囃す・ちやほやする）れ［助動・受身］し宿直人はぞ）、（鬘鬚（鬘（かつら・髪飾り）を付けたようにふさふさと生えている黒々と濃い髭）とかいふつらつ［面付］き（頬の様子）が）、（心づ［付］きなく（気に入らない・気にくわない・感心しない・無愛想だ・面相が悪い）て［接助・状態］）ある。薫は、「宿直人」を、「はかな［「はかなし」（形ク）の語幹］の（頼りない・しっかりしない・弱々しい）御たのもし人（（姫君達が）頼りに思う人・警護役・番人・夜、武装して邸の警備に当たる宿直人）や［終助・感動詠嘆］（～よ・～だなあ）」（、）と見

給ひて、召し出でたり。薫は、「あなた（「宿直人」）はいかにぞ。八の宮様がおはしまさで後（〔おはしまさずなりて、かかる後に〕）、あなたは心細からむな〔終助・感動〕（〜なあ）」など「宿直人」に問ひ給ふ。「宿直人」は、うちひそ〔顰〕み（顔を顰（しか）めて泣き顔になる・べそを掻く）つつ、心弱げに泣く。（宿直人は）、｛「（私（「宿直人」）は）、〔｛（世の中に自分（「宿直人」）が頼むよ〔寄〕るべ（頼みとする所・身寄り・親戚）がも侍らぬ（〔侍らず〕という）身（身・身分・身の上・境遇）にて（〔に（自分が）ありて〕）｝、（自分が、一ところ（八の宮）の御蔭にかくれて）、（三十余年を）（自分が）過し侍りにければ〕、（八の宮様亡き今は）（八の宮様在世中にまして）、（自分が野山にまじり侍らむも（〔に（格助・時）も〕））、（いかなる木の本をかは〔係助・反語〕）頼むべく〔助動・可能〕侍らむ」と）、（薫に）申して｝、（いとど人わろ〔「人わろ〔悪〕し」（形ク）の語幹〕（体裁が悪い）げなり）。

〔備考〕「かの御うつり香もてさわがれし宿直人ぞ」「かの」（1）「宿直人」に係る（加筆原文はこれ）、または（2）「御うつり香」に係る。「うつり香もてさわぐ」加筆原文（「御うつり香」が「もてさわぐ」に係る、と取る）と違って、「うつり香もて（〜によって・〜で）」が「さわぐ」に係る、と取ると推察される注釈書もある。「もてさわがれし」

この記述は、橋姫の巻参照。即ち、薫は、宿直人が自分に覗き見をさせてくれたことのお礼に自分の狩衣を授けた。この狩衣は薫特有のすばらしい匂いを発するから、宿直人が着たら、不似合いで様にならない。それで、皆に笑われたり騒がれたりした。「心づきなくてある」「〜てあり」の構文。「はかなの御たのもし人や」「宿直人」は、八の宮が亡くなってから悄気（しょげ）ている。「おはしまさで後」名詞「後」が接続助詞「で」に付いた例。「心弱げに泣く」これでは髭も泣く。「よるべも侍らぬ身にて」宿直人も、弁の君と同様に心細い。「いかなる木の本をかは頼むべく侍らむ」加筆原文と違って、「かは」を［係助・疑問］、「べく」を［助動・妥当マタハ必要］と取ることもできる。「いとど人わろげなり」髭がぼうぼうである上にべそを掻いているから、見ていられない。髭面で強そうな風貌であるだけに、気弱げに泣いて愚痴を言う姿が、薫の目には、見苦しいと見える。

［四六］薫、八宮の仏間を見る。宮の生前を回想して悲傷。

［原文］おはしまししし方あけさせ給へれば、塵いたう積りて、仏のみぞ、花のかざり衰へず、行ひ給ひけりと見ゆる御床［ゆか］など取りやりて、かき払ひたり。本意をも遂

げば、と契り聞えしこと思し出でて、

薫　立ちよらむかげとたのみし椎が本［しひがもと］むなしき床［とこ］になりに
　けるかな

とて、柱に寄り居給へるをも、若き人々はのぞきてめで奉る。

［加筆原文］八の宮がおはしまし方（居間）を薫が「宿直人」にあけさせ［助動・使役］給へれば（〜と・〜ところが）、「おはしまし方」は、塵がいたう積りて（［積りたり。（さりて」））、（仏間は）、（仏（仏前マタハ仏像）のみぞ（［に（格助・場所）ぞ］）、花のかざり｛（1）供花の飾り、（2）金銀の飾り、または（3）花のように美しい飾り｝が衰へず（［衰へたらねども（結びの自然消滅）］））、（八の宮が行ひ（仏の道を修行する）給ひけりと薫が見ゆる［他動・自発］御床（勤行する時の座席・台座）などを）、（然るべき者が）取りや［遣］り（取り除く・片付ける）て、かき払ひ（すっかり取り去る）たり。（薫は）、［｛（「私（薫）は、出家の本意をも遂げば、［立ちより行ひ侍らむ］」（、）と）（自分（薫）が）（八の宮に）契り聞えし（［契り聞え（補動）き］という）ことを｝思し出でて］、｛（

薫　私（薫）が出家したときには立ちよら（訪れる・訪ねる）むかげ［蔭・陰］（身

を隠す所・物陰）と私がたのみし椎が本（椎の木の所・椎の木の下・「御床」）は、八の宮様が亡くなって、むな［空・虚］しき（はかない・架空のものだ・空しい）

床になりにけるかな

とて）、（柱に）寄り居給へるをも［係助・添加列挙マタハ係助・他を類推させるための例示］（〜も・〜もまた、マタハ〜でも・〜さえも）（［寄り居給へり］。かかるをも］）、若き人々（女房達）は几帳よりのぞきてめで奉る。

［備考］「おはしましし方」寝殿の西廂（ひさし）。次に見える仏間は、それに隣る西側の母屋。後文［五四］参照。「ひむがしの廂のくだりたる方にやつれておはするに」（［三二］）参照。「行ひ給ひけりと見ゆる御床」「「御床」で「行ひ給ひけりと」、薫が「見ゆ」」（意味的関係）。「御床など取りやりて、かき払ひたり」「御すまひも、大徳達出で入り、こなたかなたひきへだてつつ、御念誦の具どもなどぞ、変らぬさまなれど、仏は皆かの寺に移し奉りてむとす、ときこゆるを」（［三六］）参照。「本意をも遂げば、と契り聞えしこと」そのような記事は見当たらない。「立ちよらむかげとたのみし椎が本むなしき床になりにけるかな」本歌は「優婆塞が行ふ山の椎が本あなそばそばし床にしあらねば」（宇津保物語）。薫は、思わず詠嘆の歌を呟（つぶや）きながら独詠した。自分

が出家した際の師にと薫が思っていた八の宮の死を嘆く歌。この巻の名前はこの歌から取った。

［四七］薫の荘園の者等、連れ立って来る。

［原文］日暮れぬれば、近き所々に、御庄［みさう］など仕うまつる人々に、御秣［みまくさ］とりに遣りける、君も知り給はぬに、田舎びたる人々、おどろおどろしくひき連れ参りたるを、あやしうはしたなきわざかな、と御らんずれど、老人にまぎらはし給ひつ。大方かやうに仕うまつるべく、仰せおきて出で給ひぬ。

［加筆原文］（日が暮れぬれば）、（薫の部下・家来・供人達は）、（宇治の山荘に近き所々に［格助・場所］（、）薫の御庄（荘園）などに［格助・動作の対象］仕うまつる［自動四］（お仕えする・御奉仕申し上げる）人々に［格助・到達点］（～の所に））、（自分達（薫の部下・家来・供人達）が御秣（まぐさ（秣）・飼い葉の敬称）をとり［他動四・連用形］に［格助・目的］）、（使いをマタハ申し付けを）遣［や］り（行かせるマタハ送る）ける（［遣りけり。（かかる］）を（、）主人の君（薫）がも（～さえ）知り給はぬに［接助・逆接］）、（田舎びたる人々（［近き所々に、御庄など仕うまつる人々］）は）、（（自

分達（「田舎びたる人々」）が「御秣」などを持って）、（おどろおどろしく（そんなでなくてもよいだろうと思われるほど大勢だ・仰山だ・仰々しい）ひき連れ［他動下二］（互いに他を引き連れる・連れ立つ）（［ひき連れたりて」）、（宇治の山荘に参りたるを（［参りたり」））。（薫は）、（［かかるを（格助・動作の対象）」））、（「あや［怪］しう（変だ・不審だ）そしてはした［端］なき（間が悪い・不都合だ・具合が悪い）わざかな」（、）と）御らんずれど、（御自分（薫）の来訪の要件を）、（姫君達のことから［格助・起点］）（老人（弁の君）のことに［格助・結果］）まぎ［紛］らはし（誤魔化す・取り繕う）給ひつ。（薫は）、（「田舎びたる人々」が、宇治の山荘にマタハ姫君達に大方（大体・いつも・平生）かやうに仕うまつるべく）、（「田舎びたる人々」に）仰せおきて、宇治の山荘から京に出で給ひぬ。

［備考］「近き所々に、御庄など仕うまつる人々に」「庄」貴族などにその身分・官職に応じて賜った土地。薫中納言の、平素見せたことのない一つの姿、即ち諸国のあちこちに所領を持っている荘園大貴族の風貌が、ちらりと見える。「君も知り給はぬに」供人が気を利かせ、薫の指示を得ないで、「御秣とりに遣」った。「おどろおどろしくひき連れ参りたるを」がやがや・どやどやと声を立てる。「あやしうはしたなきわざかな、と

御らんずれど」薫は、一つには「お忍び・微行で来ているので、事が大袈裟・大っぴら・表向きになっては困る」と感じ、もう一つは「私には宇治の姫君に気があって私が宇治の山荘に泊まるかも知れない、ということを部下が勘繰（ぐ）っているかも知れない」と感じた。そこで、すっかり困ってしまった。「老人にまぎらはし給ひつ」こういう時は、老人は便利。「仕うまつる」1行目に既出。「仰せおきて出で給ひぬ」もはや泊まることは到底できない。堂々と帰る外ない。

［四八］新年、阿闍梨より芹蕨などを贈りに来る。姫君達、唱和。

［原文］年かはりぬれば、空の気色うららかなるに、汀［みぎは］の氷とけたるを、あり難くも、とながめ給ふ。聖［ひじり］の坊より、「雪消［ゆきぎえ］に摘みて侍るなり」とて、沢の芹［せり］・蕨［わらび］など奉りたり。いもひの御臺［みだい］に参れる、所につけては、かかる草木の気色に従ひて、行きかふ月日のしるしも見ゆるこそをかしけれ、など、人々の言ふを、何のをかしきならむ、と聞き給ふ。

大君　君がをる峰のわらびと見ましかば知られやせまし春のしるしも

中君　雪深きみぎはのこぜり誰［た］がために摘みかはやさむ親なしにして

など、はかなきことどもを、うちかたらひつつ、明かしくらし給ふ。

［加筆原文］年かはりぬれば（［年かはりぬ。（されば］）、空の気色がうららかなるに）、（汀（水際）の氷が）と［溶］けたるを［格助・動作の対象、マタハ接助・後文の前提］）、（姫君達は）、（「あり難くも（滅多にないことにも・よくも・不思議にも・珍しいことにも）［［備考］参照］」（、）と）なが［眺］め［他動下二］（物思いに沈みながら、ぼんやりと視線を外にやる、マタハぼんやりと物思いに耽る）給ふ。聖（阿闍梨）の坊より、「［奉る］は、雪消（雪間（ゆきま）・雪の消えた所）に［格助・場所］摘みて［接助・状態］侍る［自動ラ変］ものなり」とて、阿闍梨は、沢の芹・蕨などを山荘に奉りたり。（「［（いもひ［斎・忌ひ］（仏事の際の食事・精進食）の［格助・同格］（で）、仏前の御臺（台盤）に［格助・動作の対象］参れ（お供えする・差し上げる）る「いもひ」［に（格助・場所）］」）、（山里という所につけては、かかる草木の気色に従ひて、行きか［交］ふ（来ては過ぎて行く））月日のしるし［印・証］（証拠・兆（きざ）し）をも）（私達（「人々」）が）見ゆる［他動・自発］］がこそをかしけれ」（、）など）、（人々（女房達）の（が））言ふを（［言ふ。かかるを］）、姫君達は、「［行きかふ月日のしるしも見ゆる」の何［代名・疑問］の（が）をかしきことなら［助動・断定］む」（、）と聞き給ふ。（姫

君達は）、〔（

大君　君（父・八の宮様）が［格助・主語］をる峰のわらびと私（大君）が見ましかばその「わらび」に私は知られ［体言・可能マタハ自発。［備考］参照］（［知らるること］）をや［間助・語調の整え］せまし、春の（の訪れた）しるしをも

中君　私（中の君）は、雪が深きみぎはのこぜりを誰がために摘みか［係助・反語］はやさ［補動四］（～して誉めそやす・引き立てる・持て囃（はや）す）む、親なし［体言］（［親なき者］）に［助動・断定・連用形］して［接助・状態、マタハ接助・原因理由］

など）、（はかなき（特にどうということもない・取るに足りない・取り留めのない）ことどもを）（、）うちかたらひつつ〕、（夜を明かし昼をく［暮］らし（昼を過ごす）給ふ）。

［備考］「年かはりぬれば」「年も暮れにけり」（［三八］末尾）参照。「とけたるを」「とく」姫君達の心が溶けないのに、の意が裏にある。「あり難くも」滅多にないことにも・よくも・不思議にも・珍しいことにも（私達（姫君達）は、父上が亡くなってから、生き難い世の中を、ここまで生き長らえてきたことよ）。（こんな事（「汀の氷とけたる」）があり得るのか）不思議なことよ。「摘みて侍るなり」「～てあり」の構文。「御臺に参る」

「御臺（食膳）に［格助・状態］（～として）姫君達に参る（差し上げる）」とも取れる。「しるし」［四三］の「しるし」参照。「をかしきならむ」「をかしきなり」形容動詞ではない。「君がをる…春のしるしも」および「雪深き…親なしにして」「君がをる峰のわらび」「をる」「を［折］る」（折り取る）と「を［居］る」（生きている）とを掛ける。「知られ」「「知ら」［他動四・未然形］＋「れ」［助動・可能マタハ自発・連用形］」から転じた体言。この「知られ」の文法的事項を、含まれる［可能］マタハ［自発］の意に着目して、加筆原文中で、「体言・可能マタハ自発」と記した。「しるし」「行きかふ月日のしるし」（2行前）に照応。「こぜり」「こ」［小］（接頭）美称。「親」の縁語・「子」を響かせた。姫君達二人の贈答唱和。どちらも直（ひた）向きに父・八の宮を慕う悲しみの気持ち。「はかなし」［四五］の「はかなし」参照。

［四九］薫と匂宮より、新春の挨拶。

［原文］中納言殿よりも宮よりも、折すぐさずとぶらひきこえ給ふ。うるさく何となきこと多かるやうなれば、例の書きもらしたるなめり。

［加筆原文］中納言殿（薫）よりも［係助・列挙］宮（匂宮）よりも［係助・列挙］、

折をす［過］ぐさ（うっちゃっておく）ず、姫君達を手紙・便りでとぶら「訪」ひきこえ［補動］給ふ。（手紙・便りの内容は）、{（書くことがうるさく（［うるさければ］））、そして（何となき（何と取り立てて言う程のこともない・平凡だ・普通だ）ことが多かるやうなれば）}、（書き手が）（例の）書きもらしたるなめり。

［備考］「～よりも～よりも」「より」［二七］［四八］に既出。「折すぐさずとぶらひきこえ給ふ」平安貴族の一つの嗜（たしな）み。「とぶらふ」［二五］［二七］に既出。「うるさし」［八］に既出。「何となし」［四三］に既出。「例の書きもらしたるなめり」草子地。語り手の省筆の一法。『源氏物語』が単に口唱的なものではなく、記述的なものであることを明示。

［五〇］花の頃、匂宮、宇治に消息、意中を示す。中君、返事。

［原文］花ざかりの頃、宮かざしを思し出でて、その折見聞き給ひし君達［きんだち］なども、君達「いとゆゑありし親王［みこ］の御すまひを、またも見ずなりにしこと」など、大方のあはれを口々きこゆるに、いとゆかしう思されけり。

匂　つてに見しやどの桜をこのはるはかすみへだてず折りてかざさむ

と、心をやりて、のたまへりけり。あるまじき事かな、と見給ひながら、いとつれづれなる程に、見所［みどころ］ある御文の、上［うは］べばかりを持て消たじ、とて、

中君　いづくとかたづねて折らむ墨ぞめにかすみこめたるやどのさくらを

なほかくさしはなち、つれなき御気色のみ見ゆれば、まことに心憂しと思しわたる。

［加筆原文］〔（花ざかりの頃、宮（匂宮）が去年の春のかざしを思し出でて（「思し出づるに（接助・順接））、また」）、（そ（去年の春）の折見聞き給ひし君達などがも、君達「私達（「君達」）は、いとゆゐありし親王（八の宮）の御す［住］まひ（宇治の山荘）を、また（再び・もう一度）も見ずなり［補動四］（～の状態になる）にしこと［形名・感動］（～ものだ）」など、大方のあはれ（世の中・人生一般のはかなさ・無常）を口々匂宮にきこゆる［他動］（申し上げる）に［接助・逆接、マタハ接助・順接］）〕、（匂宮は）、（いとゆかしう（「いとゆかし（姫君（達）を見たい・亡き八の宮邸を訪れたい）」と））思され［助動・自発］けり。匂宮は、

匂　私（匂宮）は、自分がつて［伝］〔物（事・旅・長谷寺参詣）の序（つい）で。通りすがり。余所〕に見しやどの桜をこのはるはかすみでへだてず折りてかざさ（挿頭（かざし）にする）む

と、心をやり（得意になる。自分の思いのまま、何の気兼ねも躊躇（ためら）いもない）て（、）のたまへりけり。（中の君は）、（「のたまへる」を「あるまじき事かな」（、）と見給ひながら［接助］（～つつ・ながら、マタハ～ものの・けれども））、（いとつれづれなる程［名］（時分・折）に［格助・原因理由］（～折から・～折なので））、（見所（見るべきところ・見る価値・見甲斐）がある匂宮の御文の（、）上べ（上辺（筆跡、書き振り）の風情・美しさ・趣、マタハ表面の心・面目）ばかりを持て消た（無にする・損なう）じ、とて）、［

中君（あなた様（匂宮）は）、（「つてに見しやどの桜」のいづくをと（と思って）か）たづねて折らむ、（喪中のために墨ぞめ（喪服の色）に［格助・状態］かすみがこめ［自動下二］（一面に立ち込める）たる）私（中の君）のやどのさくらを［倒置法］（［つてに見しやどのさくらなるを（接助・逆接、マタハ接助・後文の前提）］））と］。（匂宮は）、（中の君がなほ（依然として・やはり）自分（匂宮）をかくさしはなち（［さしはなち給へば］））、そして（自分につれなき中の君の御気色をのみ自分が見ゆれ［他動・自発］ば（［見え給へば］））、（「私（匂宮）は、まことに心憂し」と）思しわたる［補動四］（ずっと～続ける）。

［備考］「かざしを思し出でて」［七］の歌2首参照。「見聞き給ひし君達など」「見給ひし君達」「遊に心入れたる君達さそひて」（［六］）の「君達」。薫と一緒に川向こうの山荘に行った貴公子達。「聞き給ひし君達」匂宮と一緒に待って、後から話に聞いた貴公子達。「親王の御すまひ」魂（たましい）が籠もっている建物で、八の宮がいて初めて「すまひ」になる。「つてに見しやどの桜をこのはるはかすみへだてず折りてかざさむ」「つて」「ことのついで」（［四二］）参照。人づて・言づて・便りの意ではない。「桜」（1）大君、（2）中の君、または（3）大君と中の君を指す。「桜を折る」「花を折る」花を折って挿頭（かざ）す。容姿を華やかに賑々（にぎにぎ）しくする。平安時代では、美女を手に入れる、女の人を自分のものにする、という意味。大事に育てられて怖いもの知らずの匂宮の気持が露（あら）わ。余りにも自己中心。相手の気持はどうでもいい、という傍若無人な歌い振り。やや唐突で高飛車な求愛の仕方。「心をやりて」匂宮の歌の心を本文でも言う。「あるまじき事かな」中の君は、とんでもなく失礼だ、と反発。「いとつれづれなる程に」「程に」ここは、～うちに・～すると、という時間的な経過を示す意ではない。「上べばかりを持て消たじ、とて」中の君のお人の非常にいい所。中の君は、「上べばかり」をそれなりに評価しようとする。無返事は、匂宮の面目を失わせ

るということ。情趣を壊さないように、当たり障りのない返事ぐらいはしよう、とする。下手な無視は却って厄介だとする父宮の戒め（［九］）もあるから。「墨ぞめにかすみこめたるやどのさくらを」「墨ぞめ」［四一］に既出。中の君は、匂宮に見事に篦（しっぺ）返しをした。中の君は、衰えたりとはいえ皇族の姫君であるから、「私は、墨染めの喪服を着ていて、恋のお相手はできません」と、匂宮に負けずに言い返す。「やどのさくら」に喪服のイメージを取り込み、求愛の対象にはなりえない、と切り返した。「なほかくさしはなち」「なほ」匂宮は何度も丁寧に手紙を出していた（［九］、［一八］、［二七］～［三二］、［四九］参照）。

［五二］匂宮、薫に姫君達への手引きを責める。
［原文］御心にあまり給ひては、ただ中納言を、とざまかうざまに責めうらみ聞え給へば、をかしと思ひながら、いとうけばりたる後見顔［うしろみがほ］にうち答［いら］へきこえて、あだめいたる御心ざまをも、見あらはす時々は、薫「いかでか、かからむには」など、申し給へば、宮も御心づかひし給ふべし。匂「心にかなふあたりを、まだ見つけぬ程ぞや」とのたまふ。

［加筆原文］匂宮は、［心憂き］が御自分（匂宮）の御心にあまり給ひては、ただ、中納言（薫）を、とざまかうざまに責めうらみ聞え給へば（［責めうらみ聞え（補動）給ふ。（されば］））、（薫は）、（［責めうらむる］ををかし（面白い・興味がある）と思ひながら）、（いとう［受］けば［張］り［他動四］（積極的な態度を取る・存分に振る舞う・憚らず行う）たる後見顔［接尾］に（～のような表情だ））（匂宮に）うち答へ［自動下二］（答える・応答する）きこえて（［うち答へきこゆ（補動）。（さりて］））、（匂宮が御自分（匂宮）のあだ［阿娜］めい［自動四］（色っぽい様子をする・浮（うわ）付く・浮気めく）たる御心ざま（性質・気性・気立て）をも、薫に見あら［現・顕］はす［他動四］（現われさせる・隠さずに見せる）時々は）、（薫は）、（「いかでか［反語］、かから（［あだめいたる心ざまをも見あらはさ］）むに［格助・時］は、私（薫）は［しるべせ（［四三］）む・聞えさせなさ（［四二］）む］」など）、（匂宮に）申し給へば（［申し給ふ。されば］）、宮（匂宮）はも、［あだめいたる心ざまをも見あらはすまじき］御心づかひ（心配り・用心・注意）をし給ふべし。（匂（匂宮）は）、（「［今は、］私（匂宮）の心にかな［適］ふ（気に入る・好ましく思う）あた［辺］り（お方）を、私がまだ見つ［付］け［他動下二］（発見する・見付ける）ぬ程［名］（時分・折・頃）ぞ［終助・断

定］（～である・～だ）や［終助・感動詠嘆］（～よ・～なあ）」と）（薫に）のたまふ。

［備考］「責めうらみ聞え給へば」「うらむ」［四二］に既出。「ゐんず」（四二）参照。「をかしと思ひながら」「ながら」［五〇］に既出。「いとうけばりたる後見顔に」「いとうけばりたる」が「後見」に係り、「後見」が「顔」に係る。「あだめいたる御心ざまをも、見あらはす時々は」「あだめいたる御心ざま」匂宮は、気の多い男で、あちらこちらにいろいろと女がいるらしい、ということは、前々から出ていた（橋姫の巻参照）。「あらはす」注釈書は、（1）（薫が）見破る・見抜く・見付ける・発見する、または（2）（「御心ざま」が）ばれる、と訳すが、意訳と思われる。「時々」複数を意味する。「申し給へば」薫は、匂宮の日常をいろいろと暴露してはちょっと楽しんでいる。「心にかなふあたりを、まだ見つけぬ程」「見つく」2行前の「見あらはす」参照。「わが物とうち頼むべきを選らむに」および「偏に思ひ定むべきよるべとすばかりに…心に適ふやうにもやと、選りそめつる人の…必ずしもわが思ふにかなはねど」（いずれも帚木の巻）参照。

［五二］匂宮、夕霧六の君との縁談を辞退する。

［原文］大殿［おほいどの］の六の君を思し入れぬこと、なまうらめしげに、大臣［お

とど」もおぼしたりけり。されど、匂「ゆかしげなき中らひなる中にも、大臣のことごとしくわづらはしくて、何事のまぎれをも見咎められむがむつかしき」と、下にはのたまひて、すまひ給ふ。

［加筆原文］大殿（夕霧）の六の君を匂宮が思し入れ（心にお留めになる・心にお掛けになる）ぬ（［思し入れず」という）ことを、なま［生］うら［恨・怨］めしげに（［なまうらめしげなり（匂宮に対して御自分（夕霧）にとって少し憎く思われそうだ）、と］）、大臣（夕霧）はもおぼしたりけり。（されど）、（匂（匂宮）は）、（「［（ゆか［床］しげなき（私（匂宮）にとって心が引かれそうでない）私と六の君との中らひ（血縁関係）なる中にも（～上に・～だけでなく、取り分け））、（大臣（夕霧）の（が））ことごと［事々］しく（大掛かりだ・物々しい）わづら［煩］はしく（気が置かれる・煙たい、口うるさい、マタハ厄介だ）て、（私の何事（何々）のまぎ［紛］れ（他のことに心を奪われること・浮気・女性関係）をも）見咎められむ［［備考］参照］が［格助・主語］）（私にとって）むつか［難］しき［連体止め］（煩わしい・厭わしい・面倒だ）」と）、（下［した］（内部・内々・内輪、マタハ陰）には）のたまひて）、（すま［争］ひ［自動四］（夕霧の意志に従うまいとして）抵抗する・拒絶する、マタハ（六の君との縁組・

縁談を〕辞退する・断る〕給ふ〕。

〔備考〕「大殿の六の君を思し入れぬこと」「大殿」右大臣・夕霧。「六の君」匂宮とは従兄妹（いとこ）同士。系図参照。父・夕霧と匂宮の母・明石中宮とは（異母）兄妹の関係。生活の本体・京都での匂の宮の日常がちらっと出てくる。夕霧は匂宮に目を付けている。自分一家の権勢を広げるために、皇族の匂宮に、自分の娘を輿入れさせたい。匂宮の巻参照。「ゆかしげなき中らひ」「「中らひ」が「ゆかしげなし」」（述語―主語。意味的関係）。匂宮は六の君の人柄を常々耳にしており、匂宮にとって六の君は真っ当すぎて有り触れている。「まぎれをも見咎められむが」「まぎれを見咎めらる」（1）＝「「大臣」（夕霧）が私（匂宮）のまぎれを〔格助・動作の対象〕（を）見咎めらる〔助動・尊敬アルイハ自発〕」、または（2）＝「私（匂宮）がまぎれを〔格助・動作の対象〕（に対して）「大臣」（夕霧）から見咎めらる〔助動・受身〕」。「～を～らる（る）」の構文。「むつかし」同行の「わづらはし」参照。

〔五三〕薫、身辺忽忙〔こつぼう〕に紛れて宇治に無沙汰。

〔原文〕その年三條の宮焼けて、入道の宮も六條の院にうつろひ給ひ、何くれとものさわがしきにまぎれて、宇治のわたりを久しうおとづれ聞え給はず。まめやかなる人の御心は、またいとことなりければ、いとのどかに、己［おの］が物とはうち頼みながら、女の心ゆるび給はざらむ限りは、あざればみ情［なさけ］なきさまに見えじ、と思ひつつ、昔の御心わすれぬ方を深く見知り給へ、とおぼす。

［加筆原文］その年三條の宮（女三の宮と薫の母子の邸）が焼けて、薫も、入道の宮（女三の宮）も（〜も・〜もまた）六條の院（夕霧邸）にうつろひ給ひ（［うつろひ給ふ。（さりて」））、（薫は）、（何くれと［副］（何やかや・なんのかの・あれやこれや）ものさわ［騒］がしき（［ものさわがし（忙（いそが）しい・忙（せわ）しい）」ということ）にまぎれて（［まぎれ給ひて」））、（宇治のわたりを久しうおとづれ聞え［補動］給はず）。（薫は）、（まめやかなる人（薫）の御心（性質）は、また［副］（（普通・他の男とは）別に）いとこと［異］なり（違っている・並々でない・格別だ）ければ）、（いとのどかに）、（大君が・を己が物（妻）になる・にできるとは）うち頼みながら［接助］（〜つつ・〜ながら））、（「（女（大君）の心（心持）がゆる［緩・弛］び（緩くなる・緩やかになる・開く）給はざらむ限りは）、（私（薫）は）、（あざ［戯］れ（戯れる・ふざける）ばみ（〜めく・〜じみる）（［あざればむさまに）、また」））、（大君に対する私の情（思いやり・

恋心）がなきさまに）（大君から）見え［他動・受身］じ［助動・打消の意志］」（、）と思ひつつ［接助・動作の繰り返し］（～てはまた～して・繰り返し～して）、（「（昔（故人。八の宮様）の、姫君達後見についての私（薫）に対する御心（望み）を私がわすれぬ（［わすれず］という）方（方面・点）を）（大君様は）（深く）見知り給へ」（、）と）おぼす。

［備考］「三條の宮」かつて女三の宮が父・朱雀院から伝領した。「まめやかなる人の御心は、またいとことなりければ……昔の御心わすれぬ方を深く見知り給へ、とおぼす」文構造は、「（（～とはうち頼みながら）、（～と思ひつつ）、（～と）おぼす」。即ち、（1）「まめやかなる人の御心は、またいとことなりければ、いとのどかに、己が物とはうち頼みながら」、（2）「女の心ゆるび給はざらむ限りは、あざればみ情なきさまに見えじ、と思ひつつ」、および（3）「昔の御心わすれぬ方を深く見知り給へ、と」が、いずれも「おぼす」に係る。「またいとことなりければ」「また」加筆原文（「ことなりけれ」に係る、と取る）とは違って、［接］で、その上・並びに・また、の意（第2文の始めになく途中にあるが、第1文を受けて、「うち頼み」、「思ひ」、および「おぼす」に係る）とも取れる。「ゆるぶ」大君が薫を夫として迎え入れる気持ちになる意。「と思ひつつ」「つ

つ」1行前の「ながら」参照。この文中で、「心」を3回、「情」を1回使用。薫の行動原理のようなものが書かれていて、自制心の強い薫の性格が滲（にじ）んでいる。

［五四］ 暑中、薫、宇治に赴く。姫君達を垣間見ようとする。

［原文］ その年、常よりも、暑さを人わぶるに、河面［かはづら］涼しからむはや、と思ひ出でて、にはかにまうで給へり。朝すずみの程に出で給ひければ、あやにくにさしくる日影もまばゆくて、宮のおはせし西の廂［ひさし］に、宿直人［とのゐびと］召し出でておはす。そなたの母屋［もや］の仏の御前に、君達［きみたち］ものし給ひけるを、け近からじ、とて、わが御方にわたり給ふ御けはひ、忍びたれど、おのづから、うちみじろき給ふ程、近う聞えければ、なほあらじに、こなたに通ふ障子［さうじ］のはしの方に、かけがねしたる所に、穴のすこしあきたるを見置き給へりければ、外［と］に立てたる屏風をひき遣りて見給ふ。ここもとに几帳を添へ立てたる、あな口をし、と思ひて、ひき帰る折しも、風の簾［すだれ］をいたう吹きあぐべかめれば、女房「あらはにもこそあれ。その御几帳おし出でてこそ」といふ人あなり。をこがましきものの、うれしうて、見給へば、高きも短きも、几帳を二間［ふたま］の簾［す］におし寄せて、

この障子に向ひて、あきたる障子より、あなたに通らむとなりけり。

[加筆原文]（薫は）、（その（三条の宮が焼けた）年、常よりも、暑さを人（世の人々）がわ[侘・侘]ぶる[自動上二]（困る・辛く思う・難儀に思う）に[接助・後文の前提]、同じように[わび給ひ]」）、（「宇治川の河面は涼しからむはや[終助・深い感動詠嘆]（～よ、ああ）」（、）と宇治の山荘を思ひ出で[給ひ]て）、（にはかにそこにまう[詣]で（参上する・参る）給へり）。（薫は）、（御自分（薫）が朝すず[涼]みの程に京（六条院）を出で給ひければ、あやにくに[形動ナリ]（意地が悪い・合憎（あいにく）だ・具合が悪い、マタハ無念だ）さ[射]しく[来]る日影（日の光）がも御自分にとってまばゆ[目映・眩]く（まぶしい）て）、（宮（八の宮）の（が）おはせし西の廂に）、（宿直人を召し出でて）おはす。（そなた（「西の廂」の隣）の母屋の仏の御前（仏間）に（、）君達（姫君達）がものし給ひけるを[接助・後文の前提マタハ逆接]」）、（客（薫）の手前）、（「私達（姫君達）は薫様にけ[気。接頭]（様子が～である）近からじ[助動・打消の意志]」（、）とて）、（姫君達は）、（わが（自分達（姫君達）の）御方（居間。東面の母屋）に）わたり給ふ御けはひ（「わたり給ふ。（かかる御けはひ」を））、（姫君達が忍び[自動上二・四]（我慢する・（いることが衣ずれの音などで気付かれないよ

うに）淑（しと）やかにする・静かにする・慎ましくする・そっとする）たれど）、（おのづから）、（姫君達がうちみじろ［身動］き（体を少し動かす）給ふ程（〜すると））、（その（「うちみじろき給ふ」）音で）、（薫は）、（近う）聞え［他動・自発］（自然に聞くければ（「聞え給ひけり。（されば」））、（薫は）、（御自分（薫）がなほ（依然として・やはり（「聞ゆる」ままには））あらじ［助動・打消の意志］に［（１）接助・順接、（２）格助・原因理由、または（３）格助・状態］（（１）〜ので、（２）〜ことのために、またば（３）〜という気持ちで・〜と思う状態で））、（西面の母屋（仏間）からこなた（薫がいる西廂）に通ふ障子（襖（ふすま））のはしの方に、かけがね［掛け金］（戸締まりなどの鍵）をしたる所に、穴の（が）すこしあきたるを）、（御自分（薫）が）（予（かね）て・前に）見置き給へりければ）、（「障子」の外（外側（薫のいる西廂側））に「障子」に添って立てたる屏風をひ［引］き遣［や］り［他動四］（引き退（の）ける）［給ひ］て）、（「穴」から「そなたの母屋の仏の御前」の内部を見給ふ））。ここもと［此処許。代名］（こ（襖の内側（母屋側）の「穴」）の辺（あた）り・この辺（へん））に几帳を女房が添へ立てたる（［添へ立てたり。かかるを（接助・順接、マタハ格助・動作の対象）］）、薫は、「あな口をし」（、）と思ひて、西廂を障子の所から御自分（薫）が先に坐っていたところにひき帰る折しも（［ひき帰り給ふ。（かかる折しも］））、（風の（が）母屋（仏間）の南側の簾をいたう吹きあぐべかめれ［薫の推量］ば）、（女房「母屋（仏間）の南側の外から仏間があらはにもこそあれ（～するといけない、～する恐れがある）。その御几帳を「簾」の方におし出でて立ててこそ［あらはならざらめ］」といふ人（女房が）あなり［助動・（聞こえる声からの薫の）推定］。（薫は）、（［人のいふが］御自分（薫）にとってをこ［痴］がましき（滑稽に見える・いかにも間抜けに見える）ものの［接助・逆接］、御自分にとってうれしうて）、（「穴」から）見給へば（［見給ふ。（されば］））、（仏間の様子は）、［（丈の高きの（几帳）も丈の短きのも、几帳を「人」が二間（柱と柱の間）の簾（母屋（仏間）の南側の「簾」）におし寄せて（［おし寄せむと）、また］）、［（姫君達が）、（この障子（「こなたに通ふ障子」）に向ひ［自動四］（～と向き合う・～に真向かいだ）て（、）あ［開］きたる障子より）、（あなた（「わが御方」）に通らむと（ということ）］］なりけり。

［備考］「すずみ」「すずむ」（自動四）の転か。「あやにくにさしくる日影もまばゆくて」（1）「（イ）宇治に着く頃は、あるいは（ロ）姫君達の居間の東面の前（東廂）ではあやにくに（意地悪く・合憎（あいにく）なことに・具合悪く）さしくる日影もまばゆく

て」（「あやにくに」は「さしくる」に係る）、または（2）「日射しの明るさから、いつもの姫君達の居間の前（東廂）に招じ入れられなかったので、あやにくに（無念なことに）、さしくる日影もまばゆくて」（「あやにくに」は「まばゆく」に係る）。京から宇治まで2時間半〜3時間かかる。「宮のおはせし西の廂」［四六］の「おはしまし方」がここで明らかになる。「宿直人」［四五］に既出。「ものし給ふ」1行前と同行に既出の「おはす」と同意。「わが御方」［三二］参照。「御けはひ」1行後の「聞えけれ」に係る。「おのづから」（1）「うちみじろき」に係る、または（2）「聞え」に係る（加筆原文はこれ）。「近う聞えければ」「聞ゆ」「四二」末尾の「聞ゆ」参照。「なほあらじに」「ひき遣りて見給ふ」に係る。「なほ」「あらじ」の「あら」に係る。「あらじ」「じ」「む」の打消。「まじ」（「べし」の打消）参照。1行前に既出。「こなたに通ふ障子のはしの方に、かけがねしたる所に、穴のすこしあきたるを見置き給へりければ」「こなたに通ふ障子のはしの方に、かけがねしたる所に」「〜に、〜に」の構文。どちらの「に」も「あきたる」場所を示す格助詞。そこで、「［｛（こなたに通ふ障子のはしの方に（の）、かけがねしたる）所に｝、（穴の）（すこし）あきたるを］見置き給へりければ」と読んだ方が分かりやすい。「見置き給へりければ」薫は、人が余り良くない。「屏風」風を屏（ふせ）

ぐ意。「几帳」高さが4尺、3尺、2尺などのものがある。「簾」簀（す）垂れの意。「その御几帳おし出でてこそ」目隠しにするため。薫の側から言えば、穴の前の邪魔物がなくなることになる。「をこがまし」薫が覗いているのに気が付かない女房が、薫が覗くのに都合のいいことを、大真面目に言うから。「二間の簾」母屋（仏間）の南側、または南廂の南側にある。「あなたに通らむとなりけり」これ以後、読者も、薫の目を通して、覗き見をすることになる。つまり、共犯者になってしまう。

［五五］中君、立ち出る。愛らしき容姿、大様なる性格と見える。

［原文］まづ一人たち出でて、几帳よりさしのぞきて、この御供の人人の、とかう行きちがひ、涼みあへるを見給ふなりけり。濃き鈍色［にびいろ］のひとへに、萱草［くゎんざう］の袴のもてはやしたる、なかなかさまかはりてはなやかなりと見ゆるは、著［き］なし給へる人がらなめり。帯はかなげにしなして、数珠［ずず］ひき隠して持［も］給へり。いとそびやかに、様体［やうだい］をかしげなる人の、髪、袿［うちぎ］にすこし足らぬ程ならむと見えて、末まで塵のまよひなく、艶々［つやつや］とこちたううつくしげなり。かたはらめなど、あならうたげと見えて、にほひやかに、やはらかに、お

ほどきたるけはひ、女一の宮も、かうざまにぞおはすべき、と、ほの見奉りしも思ひ比べられて、うち歎かる。

［加筆原文］［（まづ一人（中の君）が）、（「几帳」にたち出で［給ひ］て）、（「二間」の所に「おし出」した几帳と簾より南方をさしのぞき［給ひ］て）、｛（こ（ここ（薫））の御供の人人の（が）、宇治川畔をとかう行きちがひ、涼みあ［合］へ［補動四］（（複数の人が）一緒に～する）るを）見給ふ｝］なり［助動・断定］けり。［［｛（中の君が濃き鈍色のひとへ［ひとへきぬ・単衣・一重衣］｛袿（うちき）の下に着た裏のない衣服｝に［格助・累加添加］（、）萱草［萱草色］（オレンジ色・黒味と赤味を帯びた黄色・柑子色）の袴（［萱草の袴を著なし給へるを（接助・後文の前提））、（その萱草の袴」）の（が））（「濃い鈍色のひとへ」を）もてはやし［他動四］（一段と引き立てる・一層美しく見えるようにする）たる｝中の君の格好を］、（薫は）、（「なかなか（却って）さまかはり（普通・常と違う）てはな［華・花］やかなり（目が覚めるように美しい・派手に美しい・華やかだ・華やいでいる）」と）見ゆる［他動・自発］は（［見ゆ。［（かかるは］））、｛（中の君がそのように著［着］なし［補動四］｛（着方を）拵（こしら）える・作る｝給へる）程の御自分（中の君）の人がら（人柄・人品）に｝因（よ）る］な［助

動・断定]めり。中の君は、帯〔[掛け帯](かけおび)。女子が物忌みの印(しるし)に胸から背に回して結んだ赤い平絹の紐〕をはかなげに(ほんのちょっとだ・大して意味がない・形ばかりだ)しなし[補動四](殊更に・故意に~する)て、数珠を袖口にひき隠して持給へり。中の君は、いとそび[聳]やかに(身長が高い・すらりとしている・すっきりとしている)、そして様体〔姿・容姿・形(なり)振り・身形(なり)〕がをかしげなる(美しい)人(「をかしげなり。(かかる人」)の(、)髪は)、(「袿にすこし足らぬ程の長さならむ」と薫から見え[他動・受身]て)、(そ(「髪」)の末まで塵[ちり](ほんの少し)のまよ[迷]ひ〔乱れ・解(ほつ)れ・縺(もつ)れ〕がなく)、(艶々と[形動タリ](艶々として美しい)こちた[言痛・事痛]う(「量が)甚だ多い)うつくしげなり(「(1)美しい様子だ、または(2)可愛らしげだ・可憐な風情だ」)。(薫は)、(中の君のかたはらめ[傍目・側目](「目に見る)横からの顔や姿)などを、「あならうた[労甚。形容詞の語幹](可愛い・可愛らしい・可憐だ)げ[形動の語幹]」と自分(薫)が見え[他動・自発]て)、〔「(にほ[匂]ひやかに(顔の色艶が鮮やかで美しい)、やは[柔]らかに(物柔らかだ)、そしておほどき[自動四](大様である・おっとりしている)たる)中の君のけは[気延]ひ(物腰・感じ・(身のこなしの)様子)を〕、

（「女一の宮［［備考］参照］はも、かうざまにぞおはすべき［助動・推量］」（、）と）、（自分がほの見奉りし女一の宮の「けはひ」も［に（格助・比較の基準）も］（とも））（自分が）思ひ比べられ［助動・自発］て」、（中の君が、自分には、高嶺の花のような絶対的な憧れの対象となって）、そして（うち歎［なげ・嘆］か［自動四］（（気持ちが満たされないので）溜め息を吐（つ）く・嘆息する）る［助動・自発］）。

［備考］「一人たち出でて…見給ふなりけり」女性は、部屋の中では、膝を送って躙（にじ）り寄る膝行（しっこう）という形を取るが、中の君は立ったまま動いている。中君は活発で、好奇心も旺盛らしい。中君の若さがよく出ている。「濃き鈍色のひとへに、萱草の袴のもてはやしたる、なかなかさまかはりてはなやかなりと見ゆるは、著なし給へる人がらなめり」「濃き鈍色のひとへに、萱草の袴のもてはやしたる」加筆原文と違って、次の2通りのようにも取れる。即ち、（1）＝「（濃き鈍色のひとへに［格助・累加添加］（、）［著なし給へる］萱草の袴の（が））（女性らしさを）もてはやしたる」、および（2）＝「（濃き鈍色のひとへに［格助・累加添加］）、（萱草の袴の［格助・同格］（で）、「濃き鈍色のひとへ」をもてはやしたる「萱草の袴」を）［著なし給へる］」。「萱草」喪服に用いる。「見ゆるは、著なし給へる人がらなめり」「人がら」を「人から」として、

次のように解くと推察される注釈書もある。即ち、＝「見ゆるは［主語］、（著なし給へる人（（1）（中の君という）人数に入るべき人物・優れた人物、または（2）（中の君が「著なし給へる」程の御自分（中の君）の）人柄・人品）から［格助・原因理由］（によって・のために・の所為で））なめり」（「著なし給へる人から」を強調する構文。「なめり」は、「ねぶたければなめり」（［三〇］）の「なめり」参照）。「しなして」「なす」同行の「なす」参照。「艶々たり」「艶［つや］やかなり」と同意。「こちたう」髪の毛が豊かであることが美しさの一つの基準。「かたはらめなど、あならうたげと見えて……うち歎かる」3行。文構造は、「（〜見えて）、（〜思ひ比べられて）、（うち歎かる）」。「かたはらめ」中の君は、向こうへ行くのだから、薫のいる方角には顔を向けない。南側を覗いているから、薫のいる西廂からは、中の君の右横顔が見える。「女一の宮」匂宮の巻に既出。今上帝の第一皇女。明石中宮腹。匂宮の姉。幼時、紫上に愛育された。今は、六条院南の町の東の対に住まう。美人の評判が高い。唐突な感じがする出方だが、匂宮の時（［五二］）と同様に、都での薫の生活をちらっと出すことによって、宇治の姫君達が、都と比較すれば絶対的な存在でないという形で相対化されていく。「ほの見奉りしも」このことは、これまでに記されてはいない。「見る」この段落（9行）に「見る」

および「見ゆ」が多出（5回）。この段落（5文）に登場する、中の君、薫および女一の宮に対しての、尊敬語の用いられ方は、次の通り。即ち、尊敬語は、（1）中の君に対しては、第1~3文で用いられているが、第4・5文で用いられていず、（2）薫に対しては、全文で用いられていず、そして（3）女一の宮に対しては、用いられている（第5文）。

［五六］大君、いざり出る。容姿、品高く優雅、慎重な性格と見える。

［原文］またゐざり出でて、大君「かの障子は、あらはにもこそあれ」と、見おこせ給へる用意、うちとけたらぬさまして、よしあらむと覚ゆ。頭［かしら］つき、かんざしの程、今すこしあてになまめかしきさまなり。侍女「あなたに屏風も添へて立てて侍りつ。急ぎてしものぞき給はじ」と、若き人々何心なく言ふあり。大君「いみじうもあるべきわざかな」とて、うしろめたげにゐざり入り給ふ程、気［け］高う心にくきけはひ添ひて見ゆ。黒き袷［あはせ］一襲［かさね］、同じやうなる色あひを著給へれど、これはなつかしうなまめきて、あはれげに、心ぐるしう覚ゆ。髪さはらかなる程に落ちたるなるべし、末すこし細りて、色なりとかいふめる、翡翠［ひすゐ］だちていとをかし

げに、絲をよりかけたるやうなり。紫の紙に書きたる経を、片手に持ち給へる手つき、かれよりも細さまさりて、痩せ痩せなるべし。立ちたりつる君も、障子口に居て、何事にかあらむ、こなたを見おこせて笑ひたる、いとあいぎゃう［愛敬］づきたり。

［加筆原文］（また［副］）（もう一人のお方（大君）は）、（ゐ［居］ざり［自動四］（坐りながら進む・膝で進む）出でて（［出で給へりて］））、（大君「かの障子（母屋（仏間）と西廂との境の襖）は（［に（格助・場所）は］）、几帳が母屋側にないので、その「障子」が開けられると、母屋が、西廂側からあらはにもこそあれ」と）、（こちら（薫が覗いている「かの障子」）の方を）、（薫に覗かれていることを知らず）見おこせ［他動下二］（こちらの方を見る）給へる用意（心配り・心遣い）（［見おこせ給へり］）。大君は、［かかる用意して］）、そしてうちと［解］け［自動下二］（気を許す）たらぬさま［様］をし［他動サ変・連用形］て［接助］（［さます。さりて］）、薫は、大君を「よし［由］あら（趣がある・奥床しい感じがする・嗜みがある）む」と覚ゆ［他動・自発］。大君の頭つ［付］き（頭髪の形）や、かん［髪］ざし（髪の生え具合い）の程［形名］（様子）は、中の君より今すこしあて［貴］に（高貴だ・上品だ・気品がある）なま［生］めかしき（優雅だ）さま［様。名詞］（様子）なり。（侍女「（「かの障子」のあなた（薫のい

る西廂側）に、屏風がも、「かの障子」に添へ［られ］て［接助・状態］、そして立て［られ］て［接助・状態］）侍り［自動・丁寧］（あります・ございます）つ。薫様は、

急ぎてしも（選（よ）に選って・わざわざ・殊更に急いでは）こちらをのぞき給はじ」

と）、（若き人々（女房達）で何心なく（無心だ・何の疑いもない・暢気だ）言ふ「人々」

が）あり。大君は、「［かの障子より見給はむは］、いみじう（ひどい・困ったことだ）

もあるべきわざ（こと）かな」とて、奥の御自分の居間に、うしろめたげに（気掛かり

そうだ）ゐざり入り給ふ程（［ゐざり入り給ふ。（かかる］大君の［程（様子・具合い）］）

を）、（薫は）、（気高う（気品が高い・上品だ）心にくき（奥床しい・慕わしい）けはひ

（感じ・風情）がその他の「けはひ」に添ひて［接助・状態］）見ゆ［他動・自発］。（黒

き袷（初夏に着る裏付きの着物）一襲［助数詞（重ねた衣服を数える語）］で、中の君

と同じやう［様］なる［助動ナリ］（ようだ）色あひの着物を、大君が著給へれど）、（薫

は）、（これ（大君）をは）、（中の君と違って）、（なつか［懐］しう（優しく柔和だ・抱

き締めたい程魅力的だ・心が引かれる）なまめき［自動四］（清新に見える・優雅だ・

優美だ）て、あはれげに（痛々しい・しみじみと気持ちをそそる・寂しそうだ・いかに

も不憫だ）、そして心ぐる［苦］しう（自分（薫）の胸が締め付けられるようだ・労わ

しい・気の毒だ）覚ゆ［他動・自発］。（大君の髪は）、｛（さはらかなる［形動ナリ］（疎（まば）らでさらっとしている・さっぱりしている・爽（さわ）やかだ・すっきりしている）程［形名］（程度・度合い・程合い）に落ち［自動上二］（抜ける・無くなる）たる［助動ラ変・連体形］なる［助動・断定］べし［挿入句］）、（末が）（すこし）細り［自動四］て（［細りたるやうにて］）｝、そして｛（色なり（髪の毛のつややかで美しい様とかいふめる［なり］）、即ち（翡翠｛カワセミ（美しい青色の小鳥）｝だち［接尾四］（～めく、～のように見える）ていとをかしげに、絲をよ［縒］りか［掛］け［自動下二］（髪の毛が、乱れなく揃っていて美しい）たるやうなり）｝。｛（大君が紫の紙に書きたる経を、御自分（大君）が片手に持ち給へる手つき［接尾］（～の様子・～の格好）は）、（かれ（あちら（中の君））よりも）（細［（細し］（形ク）の語幹］（痩せている・弱々しい）さが）まさりて｝、（大君は、痩［や］せ痩せなる（いかにも痩せていること）べし）。（立ちたりつる君（中の君）はも）、（障子｛［あきたる障子］（［五四］）。姫君達の居間に通ずる襖｝口に居（坐る）て（［居たりて］））、｛（何事（どのような理由・意味・訳（わけ）があってのこと）にかあらむ［挿入句］）、（こなたを見おこせて）笑ひたる（［笑ひたり｝。かかるは］）、いと愛敬づき［自動四］（かわいらしさがある）たり。

〔備考〕「またゐざり出でて」姉は淑（しと）やか。礼儀作法。立って出てきた妹との性格の違いが滲んでいる。「あらはにもこそあれ」〔五四〕に既出。「見おこせ給へる用意、うちとけたらぬさまして」大君は、用意周到、慎重で、思慮深い性格。「あなたに屏風も添へて立てて侍りつ」加筆原文と違って、次の2通りにも取れる。即ち、（1）＝「（私達（女房達）は）、｛（あなたに）、（屏風をも）添へ〔侍り〕て〔接助・動作の前後を結び付ける〕、そして立て〔侍り〕て〔接助・動作の前後を結び付ける〕、そして〔置き〕（そのままにする）侍り〔補動・丁寧〕（ます）｝つ」、および（2）＝「（私達（女房達）は）、〔｛（あなたに）、（屏風をも）添へて〔接助・動作の前後を結び付ける〕、そして立てて〔接助・動作の前後を結び付ける〕｝、そして（こちら（母屋））に侍り〔自動・謙譲〕（伺候する・お仕えする）〕つ」。「～て侍り」〔四八〕に既出。「屏風」が取り払われているのを、女房達は知らない（「外に立てたる屏風をひき遣りて見給ふ」（五四）参照）。「急ぎてしものぞき給はじ」とんでもない、薫はちゃんと覗いている。「気高う心にくきけはひ添ひて見ゆ」大君の慎重な態度に、薫は一層惹かれる。「黒き袷一襲」衣服が喪服であることを示す。「これはなつかしうなまめきて、あはれげに、心ぐるしう覚ゆ」薫が大君その人にいよいよ関心を強めていく趣。「落ちたるなるべし」「なり」〔助動・伝聞推定」ではない。「落ちたる」は、薫が自分の目で見たことであって、人の話から伝聞したことでも、何かの音で推定したことでもない。「末すこし細りて」ご苦労があるのだろう、心労ゆえの窶（やつ）れた様。「色なり」当時の成語。後世の「緑の黒髪」と同じ。但し、黒一方でなく、濃い藍色を帯びる。竹河の巻に既出。「翡翠」髪の美しくつややかなのを、かわせみ（翡翠）の羽色（青色）に譬（たと）えていう語。「をかしげ」［五五］に既出。「手つき」「つき」「かたはらめ」（［五五］）の「め」参照。「痩せ痩せなるべし」姉・大君の姿も、はっきりと薫の目に留められる。「障子口に居て」自室の入口で姉を待つ中の君の姿勢。「何事にかあらむ、こなたを見おこせて笑ひたる」「何事にかあらむ」I型の「〜にあり」の構文。「見おこせて」中の君が大君を見る方向は、薫のいる方向になる。「笑ひたる」年長の大君を環境が心配性にしたが、中の君は大君よりは暢気なのであろう。「いと愛敬づきたり」姫君達姉妹の美しさを、薫のお陰で読者が垣間見たまま、椎本の巻は終わる。

〔後書き〕

私は、このように、ほんの一巻にせよ、読解内容を、十年間の『源氏物語』読解の成果として、ビジブルなレポートに纏めることができた。また、次のことも併せて報告したい。即ち、このような椎本の巻の纏め中に限らず、これまでの読解の中で、難解な文の文脈や文意が解ってきたとき、その都度、霧が晴れるような感じになった、ということである。そこで、このような著作が専門家によってなされることを願望する。この後、私は、読解方法の更なる向上と『源氏物語』の完読とを目指して、第四十七帖・総角の巻の読解を再開しよう、と思っている。

私の「源氏物語」椎本巻読解レポート

2015年8月8日　初版発行

編著者

吉田正巳

発行・発売

創英社／三省堂書店

〒101-0051　東京都千代田区神田神保町1-1

Tel: 03-3291-2295　Fax: 03-3292-7687

印刷／製本

新灯印刷

ISBN 978-4-88142-920-4 C0095